Amor, Amistad y otras Complicaciones

CLAUDIA EVOL

2ª EDICIÓN

Copyright © 2014 Claudia Evol

ISBN: 84-617-2674-X
ISBN-13: 978-84-617-2674-5

DEDICATORIA

A Fernando, el mejor amigo y marido del mundo

AGRADECIMIENTOS

Gracias a mis hijos por soportar mis escapadas repentinas a escribir una idea y por demostrar ilusión mientras lo hacía.

A mis amigas por inspirarme.

A mis padres por animarme.

A Gabriela y María, mis primeras lectoras.

Y en especial a Fernando. Gracias por hacer realidad todos mis sueños.

INTRODUCCIÓN

-¡Por favor dímelo Edu! -ya no controlo los gritos, ni las lágrimas, estoy fuera de mí.

-Lola, déjalo ya. No me ataques a mí. Llegará en cualquier momento y tendrá una explicación.

-Su explicación llegó hace horas y era que estaba contigo.

-Yo... Lola yo no sé...

-Tú lo sabes pero eres un cobarde y un gilipollas y no te necesito a ti, ni a él, ni a nadie. Os odio a los dos. Te juro que pensaba que eras mi amigo, que te importaba.

-Y me importas Lola.

-¡Vete a la mierda! -lanzo el móvil contra la pared y sé que está destrozado. Destrozado como mi vida. ¿Cómo he podido ser tan imbécil? No sé ni para que le busco. No quiero verlo, sé que está con alguna de ellas. Lo sé y creo que lo he sabido siempre. Puta rompe hogares. Y Edu ¿para qué coño le presenta a estas tías a mi marido? ¡Que se folle a quien quiera pero las deje fuera de nuestras vidas! Son todas idiotas. De verdad que nunca he conocido a una sola novia de Edu a quien no quisiera arrancarle la cabeza. Monas son ideales, cada una superior a la anterior si es que es posible, pero te lo juro, ni una sola es capaz de tener una conversación que no sea sobre moda, cremas o maquillajes. Cerebros de mosquitos con cuerpos de escándalo y caras de ángeles buscando fama. Edu es un fotógrafo con un futuro muy prometedor que se lo rifan. Y encima está bueno. No digo que estén con él solo por interés profesional, Edu es un cañón y francamente, a nadie le amarga un dulce… Pero en fin, es un capullo igual que todos los hombres.

Siempre tan pendiente de mí, tan falsamente preocupado. ¿Te puedes creer que cuando acepté casarme con Dani me dijo que no debería hacerlo? El muy cabrón dijo que me lo decía porque me quería, que le importaba. Y en parte le creí. También yo le quería y después de Dani era la persona más importante en mi vida. Mi mejor amigo. Y no es fácil ¿eh? Compartir mejor amigo con tu novio es un mérito.

Conocí a Dani y a Edu el mismo día. Éramos jóvenes soñadores con ganas de comernos el mundo. Bueno Dani y yo primero queríamos comernos el uno al otro. Y así ocurrió. Aprendí lo que es estar enamorada con él. No he salido con muchos hombres, quizá Dani llegó muy pronto pero nunca me importó. Me llenaba tanto que nunca eché de menos experimentar algo más. Para él fue más difícil. No quiso renunciar a todo tan rápido y nuestro noviazgo tuvo muchos altibajos. A su favor diré que era legal, no me engañaba del todo. Me dejaba continuamente cuando conocía a una chica interesante, yo sufría mucho, lloraba, quería morirme, pero él siempre volvía a mi lado. Y mientras, Edu cuidaba de mí. Escuchaba mis lamentos, me aseguraba que volvería y siempre tenía razón. Normalmente me dejaba a finales de Junio para recuperarme en septiembre. Y hubiera continuado de no ser porque un septiembre me negué a volver con él. Había conocido a un chico, no me volvía loca como Dani, ni siquiera le dejé pasar mucho más allá del beso. Porque sí, he de confesar que Dani ha sido mi único amante. Pero no te compadezcas de mí, es un fenómeno, nunca y de verdad lo digo, jamás, he fingido un orgasmo, no me hace falta, él me hace llegar al cielo.

Pero volviendo a ese septiembre hace ya cinco años, creí de verdad que tenía que olvidarme de Dani. Este chico con el que había estado saliendo todo el verano era bueno, un caballero, no me hacía sentir mariposas en el estómago pero en dos meses no me había hecho llorar. Y aunque te suene terrible, esto era algo nuevo para mí.

Con Dani eran chispas dentro y fuera. Nos queríamos con locura, nos atraíamos como enfermos pero nos peleábamos como animales.

Entre bronca y bronca Dani aprovechaba para 'experimentar' y yo siempre le perdonaba dadas las circunstancias en las que había ocurrido.

Pero no fue hasta que tuvo miedo de verdad, hasta que se dio cuenta por si mismo de que estaba a punto de perderme para siempre por culpa de un buen chico, cuando se decidió a dar ese paso que yo tanto ansiaba. Me juró que nunca jamás volvería a dejarme. Me aseguró que no podía vivir sin mí. Y sí, le creí. Le creí porque su miedo era transparente y supe que no mentía.

Nos casamos a los seis meses de haberlo decidido,

ante el espanto de nuestros padres y las risas de nuestros amigos que no daban un duro por nuestra relación. Bueno todos menos Edu. Tras esa conversación en la que le aseguré que todo saldría bien, fue nuestro mayor apoyo.

Edu siempre ha estado a nuestro lado. Estuvo allí cuando volvimos del viaje de novios recogiéndonos del aeropuerto, nos ayudó a elegir y a amueblar nuestro diminuto apartamento, estuvo en el hospital cuando perdí a nuestro bebé no buscado pero que yo deseaba con locura, dio trabajo a Dani cuando éste mandó todo a la mierda, dejó su trabajo en el bufete de su padre y se fue a probar suerte con la fotografía que como el de Edu, siempre había sido su sueño. Y también estuvo ahí para presentar a mi marido a un montón de modelos estúpidas con las que en estos últimos meses me ha estado engañando.

Y lo sé ahora porque he sido tan imbécil de creer que mi marido y mejor amigo no me mentirían, o al menos no los dos a la vez. Ahora entiendo que todo este tiempo las mentiras de Dani estaban bien cubiertas por Edu.

El móvil no tiene arreglo, pero no me importa, lo último que querría ahora es recibir alguna llamada.

Me meto en la ducha bien caliente con la esperanza de que el dolor se vaya, de calmarme, no puedo seguir así, no puede encontrarme así.

Pero antes de conseguir relajarme oigo el timbre de la puerta. ¿Quién llamará a estas horas? ¿Habrá perdido el cabronazo de Dani las llaves? El timbre sigue sonando insistente.

Me envuelvo en una toalla y me acerco a la puerta. Es Edu. Le veo por la mirilla, nervioso y abro deprisa.

-Joder Edu ¿Qué quieres? Vas a despertar a todos los vecinos.

-Tú sí que les habrás despertado hace un rato con los gritos que me has pegado.

-Vale, no me ralles. ¿Quieres algo? Porque no me apetece tenerte aquí.

-¡Mierda Lola! Me has asustado. Te has puesto histérica.

Dejo que entre y cierro la puerta, nos quedamos de pie en el descansillo. Bajo la cabeza algo avergonzada, me doy cuenta de mi aspecto y de que Edu no se atreve casi a mirarme. Se me ve prácticamente el culo con esta mini toalla que me envuelve. Pero tengo cosas más importantes en las que pensar.

-¿Has venido a decirme dónde está? Si no, te agradecería que te fueras para siempre.

-Lola no seas injusta conmigo.

-¿Injusta? ¡Joder pero que egoísta y mala gente eres!

-No me grites Lola.

-¡Pues lárgate! -y sin poder dominarme me acerco a él y empiezo a darle manotazos- ¡Tú tienes tanta culpa como él!

-Pero ¿estás loca? -me sujeta una mano e intenta inmovilizarme sin lograrlo.

En ese momento el sonido de unas llaves en la puerta nos hace callar. Mi cabeza va estallar, necesito algo, necesito un plan. Y entonces, sin saber muy bien lo que estoy haciendo, hago caer la toalla y mientras la puerta se abre, completamente desnuda, me lanzo a besar a Edu.

1 NO ESTOY SOÑANDO

Abro los ojos algo asustada. Todavía me cuesta despertar cada mañana y saber dónde estoy. El dolor al recordar lo ocurrido me hace daño en cada músculo de mi esquelético cuerpo. He perdido tanto peso que no me reconozco ante el espejo. Me doy asco. ¿Cómo he llegado hasta aquí? Hace menos de una semana que ocurrió pero el tiempo pasa tan lento que siento que hace meses de aquello. Todavía puedo ver a cámara lenta el puño de Dani sobre la cara de Edu. Puedo sentir la sangre salpicándome. Pero no consigo oír lo que dicen. Edu niega con la cabeza y sé que Dani grita. Lo noto en sus ojos reflejando verdadero odio, veo la vena de su cuello a punto de estallar y sé que esto es el fin.

No he vuelto a verlo. En realidad no he visto a nadie. Mi hermana Marta recogió mis cosas. Y aquí estoy de vuelta en casa de mis padres que solo parecen querer decirme "ya te lo advertimos".

Me encerré durante dos días hasta que mi padre

me pasó un papel por debajo de la puerta donde venía anotada una cita con una psicóloga. Acudí. No me resistí. El dolor era y es tan grande que llegué a la consulta deseando que me diera alguna medicación que me hiciera olvidar y volver a sentir algo más que angustia.

Pero no fue el caso. No me dio medicación alguna. Solo quería hacerme hablar. Y la bruja me sacó todo. Tanto detalle que mi cuerpo temblaba asustado. Ni siquiera era consciente de recordar tanto.

No saqué mucho en claro en aquella visita y no creo que vuelva. Lo cierto es que me obligó a darme una ducha y salir de casa para llegar hasta allí. Según mis padres un gran paso. Grande debió ser porque llegué a casa tan agotada que puedo llevar doce horas dormida.

Uno de los consejos que me dio la psicóloga es que cada día tengo que levantarme, ducharme y hacer una pequeña salida de casa. Suficiente puede ser salir a comprar el pan. Pero sinceramente, a mi todas estas gilipolleces de dar pasitos nunca me han ido, yo soy de lanzarme de cabeza y si me hubiera dado algún remedio químico puede que me hubiera caído algo mejor y me hubiera pensado eso de dar pasitos. Pero no, un monologo de cuarenta y cinco minutos no va a cambiarme. Yo sé donde estoy y por qué estoy aquí. Sé que parte de mi vida está acabada y que no soy culpable. Bueno, culpable de haber confiado en él puede que sea y culpable de haber metido a Edu en esto puede que también, aunque creo que él solito se metió cuando decidió ser partícipe de una mentira durante meses.

Siento odio hacia Dani y no sé si también lo siento por Edu. Creo que en esta situación he sacado todo lo malo que hay en mí. Quise hacer daño a Dani, aunque fue una decisión impulsiva, quería destrozarle. Quería que sintiera el dolor que yo sentía, quería que me viese con su mejor amigo y se le partiera el alma. Y no pensé en Edu, no pensé más allá de mi matrimonio, de mi venganza. Pero ¿acaso pensó él en mí cuando ayudó a Dani con sus mentiras? Ellos son amigos desde niños, sé que Edu daría la vida por Dani pero ingenua de mí pensé que también yo le importaba, nunca creí que pudiera ayudar a mi marido a hacerme daño.

Siempre he sabido que la gente veía mi matrimonio como un fracaso anunciado. Que Dani sería siempre un pichafloja y que yo era una pobre infeliz enamorada de la persona equivocada. Lo sé, no soy tan estúpida. Yo misma hubiera pensado igual si esta no fuera mi vida pero créeme, conozco a Dani mejor que nadie. Mejor incluso que sus padres o que su querido aliado Edu. Yo sé que el día que decidió casarse conmigo me quería, y quería cambiar. Incluso creo que llegó a hacerlo, estoy segura. Dani no me haría daño queriéndome como me quiso, por lo que entiendo que dejó de hacerlo. Y eso es lo que de verdad me está matando. Eso es lo que me desgarra. ¿Cuándo dejó de quererme?

Esta habitación es muy pequeña, he dado al menos trescientos pasitos aquí dentro y no es suficiente. Me ahogo. No puedo seguir aquí encerrada. Así que a la mierda los pasitos, yo me voy a recorrer Madrid. Y sin pasitos, voy a coger el coche, poner música bien alta y conducir donde me lleve el cuerpo. Sé que esto es peligroso pero me ayuda. Arranco el coche, pongo música romántica y lloro, lloro sin importarme nada ni nadie y conduzco como un robot programado para llegar a un destino incierto.

Suerte que tengo gasolina, llevo más de una hora dando vueltas. No recuerdo donde he estado. Pero reconozco esta calle. Aquí vive Edu. Aquí Dani y yo hemos pasado casi el mismo tiempo que en nuestro hogar y allí ni arrastras volvería. No sé qué hago aquí. Esto suele ocurrirme cuando juego a ser una loca sentimental al volante. Llego a un sitio y una vez allí entiendo el motivo. Creerás que estoy loca pero me pasa a menudo.

Aparco delante de su portal y siento una

punzada mezcla de rencor y arrepentimiento. Mi intención no era meterle el un lío. Estoy enfadada, muy enfadada con él, decepcionada y me siento traicionada pero es que te aseguro que soy demasiado egoísta para pensar más allá de Dani y de mí en estos momentos así que no quiero ni contarte en ese instante. No me importaron las consecuencias que pudiera tener eso para Edu, yo solo quería destrozar a Dani.

Respiro profundamente y salgo del coche. Es sábado, son las doce de la mañana y luce un sol espléndido. Quizá Edu duerma, puede que incluso esté acompañado. De repente me entra pánico ¿estará Dani con él allí arriba? Miro alrededor y veo el coche de Edu, ni rastro de la moto de Dani. Nunca se separa de ella, da igual lo borracho que esté o el tiempo que haga. Allí donde esté su moto, a poco metros está el.

Más tranquila me dirijo al portal y saludo a Arturo el portero. Dudo si nos tiene aprecio o manía. Siempre es muy amable pero ha tenido que subir en demasiadas ocasiones a pedirnos que bajemos el volumen por quejas de otros vecinos. Siempre celebramos todo aquí, el piso de Edu nada tiene que ver con nuestro minúsculo apartamento.

-¿Sabe si Está Eduardo arriba, Arturo?

-Sí maja, le he visto volver de hacer deporte hace

un ratico.

-Gracias.

Subo por las escaleras intentando alargar el momento. Es difícil pedir disculpas a alguien a quien parte de ti odia en estos momentos.

Llamo a la puerta pero nadie abre. Vuelvo a tocar y de nuevo espero. Estoy a punto de marcharme cuando Edu abre recién salido de la ducha envuelto en una toalla que le cubre de cintura para abajo.

No puedo creerlo, joder, esto es como una cámara oculta. La última vez que le vi estábamos en la misma situación pero a la inversa. Aunque creo que mi toalla era bastante más pequeña.

Quiero hablar pero no puedo. Mis ojos se han clavado en los suyos intentando adivinar si soy bien recibida.

-Pasa -logra romper el silencio Edu.

Entro cabizbaja y cierra la puerta.

-De nuevo en un descansillo —¿pero que estoy diciendo? Noto como me pongo roja por segundos y cuando creo que voy a explotar su mano levanta mi cara. Nos miramos y no sé cómo contarte esto, no sé explicar que pasó. Edu me empuja contra la puerta y me besa como un lobo hambriento. Y yo no me quedo corta, lo devoro. Mis manos recorren su espalda con desesperación. Entonces noto que me levanta el vestido y mientras deja caer la toalla me arranca las bragas con furia. Y ahí contra la puerta de su casa me penetra con una fuerza casi animal y yo me dejo hacer. No sé cuánto dura este momento, solo siento un inmenso placer mezclado con un dolor agudo que quiere hacerme despertar de esta mezcla de sueño erótico y pesadilla. Pero no estoy soñando, Edu me está follando contra la puerta. Me sube y me baja con rabia. Minutos después llegamos a un extraño orgasmo prácticamente a la vez. Y el mundo se para.

No me mira. Recoge mis bragas del suelo. Me las pone en las manos y con una voz más cercana al arrepentimiento que al odio me dice:

-Ahora ya le has hecho daño de verdad. Puedes irte.

Y dando un portazo desaparece por el pasillo dejándome allí destrozada.

2 PASITO A PASITO

Te puedes imaginar el estado en el que llegué a casa. Y lo que tardó mi padre en conseguirme una segunda cita con la psicóloga.

Me recibió a última hora del lunes y empezamos bastante mal. Tras más de veinte minutos relatándole con pelos y señales lo ocurrido, cosa increíble en mí que nunca he sido capaz de hablar este estilo de cosas, me aconsejó que no era momento de empezar una relación.

-¿Cómo? ¿Pero no me has escuchado? Hablo de Edu ¡Edu es mi hermano!

-No es tu hermano.

-Ya sé que no es mi hermano, pero eso es para mí. Nunca podría pensar en él como un tío para... bueno para una relación. Ni en él, ni en nadie. Y no hablo de ahora, hablo de nunca. Dani es el hombre de mi vida. ¿No entiendes que sin él no soy nadie?

-Mira Lola, entiendo cómo te sientes. Y entiendo lo que me dices. Creo que lo que ha ocurrido con Eduardo ha sido tu manera de hacer las paces. O al menos de intentarlo. Por lo que me cuentas el sexo ha sido siempre la guinda de la reconciliación con Daniel.

-Bueno, también teníamos sexo sin estar enfadados…

No quiero pensar demasiado en ello, la verdad es que si intento recordar creo que siempre acabábamos en la cama después de una pelea. No recuerdo haber empezado muchas veces con besitos y carantoñas. Pero me está haciendo sentir bastante violenta.

-Creo que has pasado un episodio muy duro y es normal que metas la pata. De ahí mi consejo de ir pasito a pasito. No sabemos lo que te deparará el futuro. No puedo saber si volverás o no con tu marido.

Un extraño escalofrío cargado de esperanza me recorre.

-Lola, tengo una opinión sobre todo esto que no voy a compartir contigo, al menos por el momento. Creo que solo tú debes decidir qué hacer con tu vida pero ahora no. Lo que quiero es ayudarte a que medites, a que dejes pasar un tiempo y veas las cosas más claras. No debe asustarte la soledad. Te casaste siendo casi una niña. No digo que fuera un error, solo creo que necesitas conocer una parte de ti que dejaste aparcada hace tiempo. Quiero que te quieras, que busques dentro de ti lo que de verdad quieres y una vez lo encuentres luches por ello.

-Yo le quiero a él- titubeo.

-Pero también le odias.

-Sí.

-Y eso es algo incompatible con el amor verdadero Lola. No me entiendas mal, no digo que no le quieras. Digo que en estos momentos no debes tomar decisiones. Ni siquiera le has perdonado.

-No.

-Y no es el momento ni de perdonar ni de hacer crecer el odio. Tienes que empezar a vivir el día a día y no seguir martirizándote. No puedes empezar a tope. No creo que sea conveniente que veas a sus amigos y vayas a sitios que te recuerden demasiado a él. Quizá deberías cambiar de ambiente por un tiempo.

-Llevo casi cinco años casada y tres siendo novia de Dani. Mi ambiente es el suyo.

-Estoy segura de que conoces a gente fuera de ese círculo.

-Pues no te creas que a mucha. Y además no me apetece ver a gente y salir de marcha.

-Lo entiendo y no es lo que te pido. Pero lo que deberías hacer es volver a trabajar por ejemplo. Me dijiste que trabajabas en la tienda de tus padres ¿verdad?

-Sí, ahí trabajamos todos, también mi hermana Marta.

-Bien, pues creo que volver a trabajar y rodeada de tu familia te vendrá bien. Tener una rutina.

-Supongo – reconozco que tiene razón.

-¿Le has contado a alguien lo ocurrido?

-No. Bueno, mis padres saben que algo ha pasado claro… y saben que me ha hecho daño pero no he contado nada.

Apunta algo en su cuaderno y vuelve a hablarme.

-También creo que debes estar comunicada. Un teléfono nuevo, con un nuevo número tal vez. Puedes ir dándolo poco a poco a la gente con la que te vas sintiendo a gusto y con quien te apetezca estar comunicada.

-En realidad eso lo había pensado. Lo de buscar un móvil. Pero tengo dudas sobre cambiar el número ¿y si me intenta localizar?

-Si quiere localizarte lo hará. De todas formas no tienes que cambiar de número si no quieres.

-Sí, prefiero cambiarlo. No me apetece estar colgando a quién no quiera coger.

-Pues empezaremos por ahí ¿De acuerdo?

Empiezas a trabajar, te compras un móvil y pasito a pasito vamos viendo. ¿Vendrás la semana que viene?

-Creo que sí.

-Vamos Lola, date tiempo.

Y no del todo convencida salgo de allí acompañada de mi madre que aguarda en la sala de espera con verdadera angustia.

Mi madre es una mujer algo chapada a la antigua. Muy dulce y cariñosa, nunca levanta la voz, es muy paciente e intenta entender que los tiempos han cambiado pero le cuesta. Todo esto le está afectando mucho.

Papá es algo menos paciente. Un hombre muy correcto aunque un poco machista. No es tan estricto como le gustaría, creo que de haber tenido hijos varones la cosa habría cambiado, pero con nosotras siempre termina rindiéndose. Le descolocamos, no aguanta vernos sufrir y sé que verme así le hace daño.

Mis padres son extremadamente religiosos y la ruptura de un matrimonio no es algo que acepten con facilidad. Es cierto que Dani nunca les gustó. Sobre todo a mi padre. De alguna manera intentaron hacerme ver que no me convenía, pero de esa manera suya tan sutil que ni te molesta. Eso sí, una vez que nos dimos el sí quiero en la iglesia, todo cambió. Dani pasó a ser para ellos uno más de la familia. Para todos menos para Marta. A ella nunca le gustó y jamás se ha esforzado en ocultarlo.

El matrimonio de mis padres es fantástico. Se quieren con locura, se comprenden con solo mirarse. Envidiable. Crecí con este bonito ejemplo y siempre confié que lograría lo mismo con Dani.

Pero volviendo a mi desastrosa vida, si algo bueno tiene dar pena es que la gente que te quiere se vuelca contigo. En cuanto les conté a mis padres lo del móvil tardaron pocas horas en traerme un iPhone, mucho mejor que el teléfono que tenía antes.

Mi número nuevo solo lo conocen mis padres y Marta y esta a su vez tiene instrucciones de decir a quien le pregunte que lo tengo estropeado.

Han pasado varios días y todavía no he recibido llamadas. Me pasó el día pegada a mi familia así que no necesitan localizarme. Mi primera llamada ha sido para Teresa, la psicóloga. Mi hermana Marta cumple treinta años y lo va a celebrar en casa. Todos quieren que yo asista. En realidad vivo aquí así que no asistir es bastante complicado. Lo que me gustaría es oír que no me conviene y que debo quedarme encerrada en mi habitación.

-Bueno Lola, poder puedes hacer lo que quieras. Igual puedes estar un ratito y si no estás cómoda te vas a tu cuarto ¿Están invitados amigos tuyos o de

Dani?

-No, no, Marta y yo nunca hemos tenido el mismo círculo.

-Pues tu tranquila, puedes intentarlo pero no tienes ninguna obligación de estar toda la fiesta. Puede venirte bien despejarte un poco.

Hubiera preferido escuchar otra cosa aunque en realidad me da bastante igual, no pensaba hacerlo pero al menos no me sentiría culpable.

Ni lo he intentado. Estoy encerrada en mi habitación escuchando música y risas fuera. Mis padres me han ofrecido salir a cenar con ellos pero eso supondría pasar por delante de todos al volver de la cena y no quiero ver a nadie.

Me estoy esforzando, de verdad. He trabajado ya cuatro días. He estado en contacto con gente, cara al público. Es cierto que casi todos son gente desconocida, pero como dice Teresa, pasito a pasito.

Tengo un hambre voraz y estoy dando vueltas a cómo llegar a la cocina sin ser vista cuando golpean suavemente mi puerta.

Abro convencida de que es Marta con algo de picoteo. Le pedí que no se olvidara. Pero al abrir casi me muero del susto al ver a Edu allí.

-¿Qué haces aquí?

-Llevo días intentado llamarte y tu teléfono está apagado.

-He cambiado de número.

-Pues podrías habérmelo dado.

-La psicóloga cree que no sería conveniente.

-No me jodas Lola.

-No, de joderme a mí ya te encargaste tú el otro día en tu casa -nada más decirlo quiero morirme. ¡Tierra trágame!

Busco su mirada avergonzada y de nuevo los pasitos se van a la mierda. Saltamos uno encima del otro. No sé cómo llegamos a mi cama pero me encuentro boca abajo ya sin pantalones. No hay juego previo, no hay caricias, de nuevo noto como Edu me penetra de golpe, salvajemente y yo no pongo ninguna resistencia. Al revés, creo oírme pedirle que no pare. Cierro los ojos y siento cada embestida con placer y con rabia al mismo tiempo. Nuestros gemidos se mezclan con la música. Pierdo la noción del tiempo hasta que un orgasmo me recorre entera y siento como Edu acaba segundos después.

No puedo darme la vuelta. No puedo mirarle. ¿Pero qué coño estamos haciendo? Joder, joder que se vaya, que no hable

-Lola…

-Cállate.

-Pero Lola.

-Vete.

-No pienso irme.

-¡VETEEEE! -grito de tal manera que fuera bajan la música. Edu se asusta y decide no discutir. Se viste en décimas de segundo y se marcha dejándome echa una mierda, de nuevo.

3 ANIVERSARIO

El domingo amanece lluvioso. Un día gris, triste. Me siento una mierda, me siento a morir. ¿Qué estoy haciendo? No me reconozco, me doy asco. ¿Y Edu por qué? ¿Qué es lo que quiere? ¿Será algún tipo de macabra venganza por haber destrozado su amistad?

Sé que ha ocurrido, que lamentablemente no es un sueño, pero a la vez es extraño lo borroso que lo recuerdo habiendo ocurrido hace pocas horas. Ni siquiera recuerdo sensaciones. Siento como si estuviera dormida y al despertar me encontrara en sus brazos, arrepentida por algo que no controlo. No es que quiera buscar excusas, es como si no fuera consciente cuando ocurre. ¡Con Edu! A mi Edu nunca me ha atraído. Y yo no le gusto a él, lo sé. Eso se nota, se sabe. Ha pasado más tiempo en mi vida q ningún otro hombre después de mi marido y te aseguro que lo habría notado.

¿Será verdad que uso el sexo para reconciliarme?

Si es así no me funciona con él. Esto nos ha separado definitivamente. No podré volver a mirarle a la cara. Puede que tampoco él quiera verme, si fuera una venganza ya no haría falta más. Pero sé que no es así, Edu no es así. O eso creo... Ya no sé nada. No me fío de nadie, ni siquiera de mi misma.

Hoy es mi aniversario. Me pregunto si Dani se acuerda. Hasta ahora nunca lo ha hecho. Todos los veinte de Marzo empezábamos discutiendo. En realidad no me importaba tanto que se le olvidara. De haber sido importante podría habérselo dejado caer días antes pero me divertía hacerle un regalo y ver su cara de agobio al no corresponderme. Me encantaba hacerme la ofendida haciéndole sentir miserable todo el día y buscara mi perdón, que por supuesto, llegaba esa misma noche con un maratón de sexo.

Sé por mis padres que Dani ha vuelto al bufete y días después de mi marcha se estableció en Londres. Sus padres han intentado hablar conmigo, pero no me he sentido capaz. Mi relación con ellos no es buena. Con mi suegra correcta, he de reconocer que nunca ha sido desagradable conmigo aunque tampoco demasiado amable, imagino que eso supondría para ella una especie de traición a su marido a quien jamás he gustado.

Dani es hijo único al igual que Edu pero a

diferencia de él que no tiene casi contacto con sus padres, Dani está muy unido a los suyos y eso en parte me gusta. Me gusta que valore la importancia que tiene la familia.

También mis suegros son un matrimonio unido, mucho. Mi suegra depende en exceso de su marido pero no soy la más apropiada para criticar esto. Soy incapaz de seguir viviendo sin Dani.

Estoy segura de que mi suegro estará feliz con Dani llevando el despacho de Londres. Es lo que siempre quiso para él. El hijo pródigo de vuelta a la empresa familiar y alejado de la bruja de su mujer. Nunca aceptó el tema de la fotografía, en parte me culpaba de no hacer que su maravilloso hijo sentara la cabeza. De todas maneras no era sólo el tema laboral, jamás le gusté. Nunca aceptó que se casara tan joven y menos conmigo. Mi familia no le parecía estar a la altura y mucho menos una niñata como yo.

Es muy duro sentir lo que siento. Le quiero y le odio al mismo tiempo. No le he perdonado y después de esto tampoco podré perdonarme a mí misma.

Tengo que levantarme, me estoy volviendo loca. Con grandes esfuerzos me visto y salgo de la habitación. No quiero que Marta sospeche más de la cuenta.

La encuentro haciendo limpieza y recogiendo

todo. Manda narices que con treinta años siga celebrando su cumpleaños en casa de sus padres y lo peor es que siga viviendo aquí. Bueno, yo con veintiocho he vuelto y es probable que a los treinta siga aquí, pero yo no celebraré mi cumpleaños, ni aquí ni en ningún otro lugar.

Marta y yo somos muy diferentes. Es increíble que seamos hermanas, que tengamos los mismos padres y hayamos sido educadas de la misma manera. Puede que tras saber lo que sabes no me creas pero yo siempre he sido bastante decente. Para mí el sexo sin amor era algo inconcebible. Creo en el amor eterno, creo en el matrimonio. Si, lo sé ¿estamos hablando de mí? Pues sí, yo soy así, o al menos lo he sido hasta ahora.

Marta es… diferente. Marta no cree en el amor verdadero, no cree que sea sano el matrimonio. Juega con los hombres a su antojo y cambia de novio cada vez que la cosa se empieza a poner seria. Por supuesto el sexo para ella es pura diversión, no ve ningún problema en tirarse a un desconocido si le resulta atractivo y a ambos les apetece.

Lo primero que hace al verme es preguntarme que quería Edu y parece que cuela cuando le digo que solo quería interesarse por cómo estoy. Nunca podría contarle lo ocurrido, ni a ella ni a nadie. Y eso que quizá ella lo encontrara divertido, pero no, me avergüenzo demasiado.

-Me pidió tu numero al marcharse -me cuenta.

-Dime que no se lo has dado.

-No, le dije que no lo recordaba pero que se lo mandaría hoy por whatsapp. Tengo un mensaje suyo recordándomelo.

-No se te ocurra dárselo.

-¿Por qué? Edu se preocupa por ti, creo que un amigo como él es lo que necesitas.

Dios mío que equivocada está, a ver como salgo de esta.

-A mi psicóloga no le parece bien.

-¿A tu loquera no le parece bien que tu mejor amigo te llame?

-No es mi loquera ¡no estoy loca joder! No le parece bien que tenga contacto de momento con gente cercana a Dani.

-Sí perdona, tiene sentido. Perdóname Lola. A veces me olvido de lo mal que estás pasando. No te preocupes, no se lo daré.

Paso el día ayudando a Marta a devolver un aspecto aceptable a la casa. Procuro olvidar lo sucia que me siento limpiando cada esquina a conciencia.

Y por la noche me acuesto llorando. Qué distinto aniversario. Qué final tan diferente.

Me duermo recordando a Dani… Imagina a un tío de los que cuando entra en un bar la gente se da la vuelta. Así es Dani. La palabra guapo se queda corta con él. Alto, delgado con unos ojos azules que hipnotizan y un pelazo castaño muy claro que podría pasarme la vida acariciando. Y era mío. Tenía esos detalles de agarrarme cuando le devoraban con los ojos otras mujeres, como para darme tranquilidad, para demostrar al resto que no estaba libre. Con Dani era imposible aburrirse. Podíamos volver de trabajar un viernes sin planes y en lugar de ir a tomar algo, plantarnos en el aeropuerto en busca de un viaje de última hora. No ha habido día en el que no me haya hecho reír. Dani tiene una gracia innata y por oír una carcajada mía podía pasarse horas persiguiéndome. Te lo juro, me quería. Me adoraba. Nunca he tenido miedo a su lado. Nunca me ha faltado nada. Se desvivía por verme feliz. No ha sido nunca un hombre detallista de hacerme regalitos o escribirme poemas de amor. Creo que jamás me ha escrito una carta pero me daba igual. Él era todo el detalle que yo podía soñar. Deseado por tantas mujeres me eligió a mí. Renunció a su juventud y se casó conmigo. Se asustó cuando me quedé embarazada pero al rato ya estaba celebrándolo por todo lo alto. Lloró como un niño cuando perdimos el bebé pero se recompuso por mi e hizo de la perdida pronto un lejano recuerdo. Es cierto que nos peleábamos. No había día que no nos peleáramos pero jamás nos acostábamos enfadados. Nuestra vida sexual era de locos. No nos saciábamos nunca el uno del otro. Daba igual lo gorda que hubiera sido la bronca, no podía luchar contra el deseo que me provocaba la reconciliación. Puede sonar algo enfermizo pero yo era feliz. Y creía que también lo era él. Era nuestra película y mi vida estaba llena. Fuimos felices. No fui como muchos creen, una niñata estúpida enamorada de un inmaduro cabrón. O quizás sí....

En algún momento entre miles de recuerdos me quedé dormida y el lunes amanecí sintiéndome ligeramente mejor.

4 AYÚDAME

Llego a la tienda puntual. Mi madre sonríe al verme maquillada. Creo que incluso le he oído un suspiro de alivio. Mi padre no se da cuenta, pero él es un hombre que no repara en esos detalles. Si llego a aparecer con el pelo de color azul quizá no se hubiera inmutado.

Marta tiene el día libre así que parece que hoy tendré mucho trabajo y poco tiempo para pensar, esto me anima.

La tienda de mis padres es muy conocida en Madrid. Siempre está llena de gente. Vendemos y fabricamos muebles de todo tipo y aquí se pueden encontrar desde antigüedades hasta el objeto de último diseño completamente inútil pero que al verlo uno no puede resistirse a comprar. Yo me encargo sobre todo de listas de boda, pero atiendo a cualquiera que entre si el resto están ocupados.

Parece que la suerte no está últimamente de mi lado, y eso de tener un día sin pensar en todo esto se va al traste cuando, al poco rato de abrir, Edu aparece por la puerta.

Le miro con espanto. Por favor delante de mis padres no. Creo que lee mis pensamientos y muy sonriente se acerca a saludarles. Ellos algo cortados al principio, son amables con el mejor amigo de su yerno al que en estos momentos no aprecian demasiado.

-¿Podría robarles a Lola un rato?

Mi madre me mira y yo le hago señas negativas. Pero mientras mi padre da su consentimiento ella empieza a meter la pata, no es rápida para estas cosas:

-No puede... no está... bueno ella está pero Marta no y hay mucho lio los lunes y...

-Solo será un momento Lola -decide hacer caso omiso a mi madre y se dirige directamente a mí.

-Bueno pues iros a la trastienda y así no tardáis mucho -añade mi madre pensando que me hace un favor no sacándome de aquí.

Me acerco temblando a la trastienda, creo que Edu nota mi nerviosismo. Me tiemblan hasta las pestañas.

-No voy a tocarte -susurra cerrando la puerta- no te pongas nerviosa.

-No estoy nerviosa- este tío es idiota- ¿Qué quieres?

-Quiero recuperar a mi mejor amiga.

-¿Y hoy no te apetece tirártela?

-Lola por favor baja la voz que nos van a oír tus padres.

-Contesta -insisto todavía sin reconocerme a mí misma ¿Qué estoy diciendo?

-No sé qué ha pasado con nosotros. No entiendo qué me ha pasado, ni que te ha pasado a ti. Os echo de menos. Os echo de menos a los dos y en lugar de arreglar esto, he metido la pata.

-Hemos metido la pata –intervengo -no todo es culpa tuya.

- Lola no quiero perdeos a los dos.

- A mí me perdiste el día que decidiste ayudar a mi marido a ponerme los cuernos.

-Yo no soy cómplice de nada, créeme. Para cuando me pareció ver algo ya estaba liado con ella y te juro que intenté hablar con él.

-¿Ella? ¿Es siempre la misma?

- Lola no me hagas esto.

-¿Prefieres follar? -no me reconozco, por Dios ¿qué digo?

Pero parece que la idea no le resulta tan horrible como seguir hablando conmigo y empujándome contra unas cajas de cartón empieza a besarme y a manosearme tan brusco como la otras veces. Mi intención desde luego es pararle pero en lugar de ello le agarro del pelo y le empujo contra mi escote.

En ese momento una caja se cae y el ruido es espantoso. Nos ponemos rápidamente en pie acalorados, agobiados y avergonzados.

-Joder Lola lo siento de verdad si es que no sé qué me pasa no sé qué estoy haciendo.

Y yo que no se ya ni quien soy empiezo a llorar. Me abrazo a él y dejándole estupefacto le digo.

-Quiero recuperarle. Ayúdame.

5 TIEMPO

Esta vez acudo a la consulta de Teresa acompañada de Edu. Por supuesto él se queda fuera. Espero a que me pregunte algo sobre él pero no lo hace. Se limita a mirarme y preguntar cómo me ha ido la semana.

Me pierdo en mis propias mentiras. Quiero convencerle de que tengo las cosas claras. Que recuperar a mi marido es lo que me devolverá la felicidad. Que Edu es un buen chico y no me hará daño tenerle cerca, al revés, me dará fuerzas para recuperar a Dani. Por supuesto no le cuento lo que ocurrió durante la fiesta de Marta en mi habitación y me salto el breve manoseo en la trastienda porque no tiene la menor importancia.

Tras un largo rato hablando guardo silencio esperando a que diga algo. Me mira de una forma que me incomoda. ¿Serán paranoias mías o sabe más de lo que le estoy contando? ¿Sabrán leer la mente los psicólogos de hoy en día?

-Ya he terminado. -le animo -¿No vas a decirme nada?

- ¿Qué sientes por Eduardo?

Esta bruja sospecha algo. Seguro que sabe que me lo he vuelto a tirar. No sé para qué he venido. No pienso reconocer mi error. Bastante sucia me siento como para decírselo. Todavía me arrepiento de haberle contado lo del descansillo. Pero ya estoy más fuerte, puedo controlar lo que quiero que sepa y lo que no. Además contado así, sin vivirlo, me hace parecer una puta. Solo quiero que saque su manual de cómo recuperar a un marido infiel y me dé los pasos a seguir.

-Es mi mejor amigo -respondo.

-¿Qué sientes cuando estás a su lado?

Esta gente está enferma. No los pacientes como yo. ¿Por qué se tiene que sentir todo? Hay cosas que se viven y punto ¿no? Yo no sé qué siento en cada momento.

-No siento nada Teresa. No sé qué siento joder. Lo único que siento es un enorme vacío desde que no tengo Dani a mi lado.

- ¿Y llena Eduardo parte de ese vacío?

Lo medito un instante.

-Edu es parte de Dani. Tenerle cerca me hace pensar que no he perdido del todo a mi marido.

-¿Y tú crees que es sano tener a alguien cerca que te recuerde a Dani?

-Claro que sí, yo quiero recuperar a mi marido. Ya he tomado una decisión.

-¿Ya le has perdonado?

-No importa Teresa, podré con ello.

Vuelve a callarse. Y a mirarme muy fijamente. ¿Querrá que intente leerle la mente? ¿Por qué no suelta lo que tiene en la cabeza? ¿No le pago para que me hable? Me incomoda el silencio.

-Teresa, yo…. –empiezo a llorar- yo no sé lo que quiero, sólo sé que quiero a mi marido, sé que me ha hecho tanto daño que hay momentos en los que desearía morirme. A veces muero por verle y otras pienso que si lo tuviera delante lo mataría…

Y así acabo mis cuarenta y cinco minutos contradiciéndome frase tras frase.

-Lola, necesitas más tiempo. Me gustaría verte la semana que viene y que tuvieses cuidado con tu amigo.

Me acompaña a la puerta sin esperar respuesta.Edu se pone en pie al verme salir.

-Recuerda, pasito a pasito -me insiste Teresa y Edu me mira sin comprender.

Menuda gilipollez, salgo de ahí confundida y

cabreada, tener a Edu allí no ayuda demasiado. No pregunta pero sé que se muere por saber que ha pasado ahí dentro.

-¿Quieres que te deje en casa o vamos a tomar algo?- me pregunta.

-Sentémonos en este banco sin más- le pido dejándome caer y tirando de él- Necesito que me ayudes Edu. Necesito que me cuentes y aclares ciertas cosas.

-Lola por favor no insistas. Creo que hay cosas que solo vosotros podéis hablar.

-¡Pero se ha largado joder!

-Igual podemos conseguir su teléfono.

-No quiero hablar por teléfono.

-¿Quieres que vayamos a Londres?

-No, no. No estoy preparada todavía.

-Igual deberías darte tiempo.

-Otro igual con el tiempo.

Nos quedamos en silencio un rato y noto como me agarra la mano. Le aprieto y agradezco el gesto.

-Me quería- pienso en voz alta mirando el cielo y apoyo mi cabeza sobre su hombro.

-Sí que te quería.

-¿Dejó de quererme?

-No lo creo.

-¿Cuántas?

-¿Cuántas qué?

-Cuantas tías.

-No estoy seguro.

-¿Las quería?

-No.

-¿Cómo lo sabes? —le miro esperanzada con miles de lágrimas resbalando por mis mejillas. Me seca las lágrimas con una caricia.

-No lo sé, Lola, no lo sé.

Me apoyo de nuevo en su hombro y sin soltarle la mano cierro los ojos. Me siento protegida. No voy a dejar que Edu desaparezca de mi vida. De esto no tengo dudas.

6 ÉL SIEMPRE VUELVE

Desde el mismo momento que recuperamos nuestra amistad quedamos todos los días a comer. Con la luz del día, en sitios públicos no ha vuelto a ocurrir nada de lo que podamos arrepentirnos. Decidimos que no volvería a pasar, dejamos el asunto en una locura post traumática y acordamos que sería nuestro eterno secreto. A su lado me siento mejor. Me cuida mucho. Me entiende y transmite una fuerza increíble para seguir adelante. Espero estos ratos con ilusión y disfruto cada minuto de su compañía. Siempre he sabido que tenía en Edu un verdadero amigo pero ahora siento que es algo más. No puedo definirlo, es parte de mí.

Me obliga a levantarme los días que me faltan fuerzas aunque tenga que venir y sacarme personalmente de la cama. Me deja llorar y me escucha cuando me derrumbo, me saca de paseo cuando siento que me ahogo e incluso consigue hacerme reír cuando logro relajarme.

Tuve un retraso en la regla y casi muero del susto. No podría ni imaginar haberme quedado embarazada de Edu. ¿Qué clase de gilipollas no usa condones hoy en día? Yo no tomo la píldora, nada me hubiera gustado más que quedarme embarazada de Dani de nuevo pero no llegaba.

No le comenté nada a Edu de mi pequeño retraso. Fueron pocos días, sacar el tema hubiera enfriado nuestra relación y le necesito. Él me anima a no rendirme y a esforzarme un poco más cada día. Lo estoy logrando, me estoy esforzando e incluso he empezado a salir. Nada del otro mundo, en realidad solo he ido al cine un par de veces con Marta y sus amigos. Un poco por mi y bastante por dejar de escuchar a mis padres. A varios les conocía de vista, sólo a un par de ellas las conozco desde niñas y he mentido como una bellaca poniendo excusas sobre Dani y su trabajo, no le he contado todavía a nadie lo ocurrido. Sé que Marta no está de acuerdo con todo esto, pero es una decisión que sólo me incumbe a mí. Igual que su nuevo novio es cosa de ella, no lo soporto. Que tío más asqueroso. No puedo entender de dónde saca a estos chicos. Esta vez es un artista algo bohemio que si yo me lo cruzara por la calle de noche te aseguro que como mínimo, aceleraría el paso. Lleva camisetas de tirante ancho, algo que me repugna en los hombres y luce unos tatuajes bastante ordinarios. Marta alardea de que ha prometido hacerle un retrato en pelotas pero creo que solo lo dice para hacerme saltar. Se lo estoy comentando a Edu y se parte de risa.

-No te rías, en serio, es de los tíos más asquerosos que he visto.

-Qué exagerada eres.

-El viernes da una fiesta en un bar donde expone algunas de sus obras, tengo curiosidad por ver lo que hace. Al cerrar me pasaré un rato. Vente conmigo y así podrás opinar. Vas a flipar.

-No me tienta mucho el plan -se queja.

-Sólo me pasaré un rato. Anda por favor vente conmigo.

-Vale, vamos un rato.

-Genial, tu y yo juntos podemos ser un peligrobromeo y me arrepiento al instante.

Edu no responde. A veces es mejor no decir nada...

La semana pasa tranquila, hay bastante movimiento en la tienda, lo justo para mantener mi cabeza ocupada. El viernes me cojo el día libre para buscar algo que ponerme. Mis padres están felices con la idea de verme más animada y no ponen pegas. Todavía no he recuperado mi peso y me siento disfrazada con mi ropa.

Cuando entro a última hora en la tienda ya

arreglada para que Edu me recoja y vayamos caminando a la fiesta, mi padre me pide que me siente.

No quiero hacerlo. Llevo un micro vestido negro bastante ajustado que no me lo permite y del que ya me estoy arrepintiendo de llevar.

-Lola, ha estado aquí tu suegro.

Por un momento me ilusiono y arranco el sobre de la mano de mi padre que parece darse cuenta y se adelanta.

- Lolita mi amor, son los papeles del divorcio. Nada oficial, simplemente hemos estado hablando de un posible divorcio de mutuo acuerdo.

Dejo caer el sobre al suelo. Noto como las lágrimas empiezan a salirme sin consuelo. Me arde la cara. Mi padre intenta abrazarme pero le aparto. Me encierro en el baño y veo en el espejo mi cara desencajada y el maquillaje corrido.

¿Cómo se puede ser tan hijo de puta? ¿Es que no va a luchar por mí?

Me lavo la cara e intento relajarme. Quizá todo esto sea idea de mi suegro. No voy a pensar en ello.

Un obstáculo más, es solo un obstáculo más. Voy a salir, voy a pasarlo bien, no voy a pensar en ti Dani y te vas a joder pedazo capullo.

Me apoyo en el lavabo e intento calmarme. No me estás haciendo esto Dani. No puedes rendirte.

Me maquillo como puedo y salgo del baño más calmada.

Veo a Edu hablando con mi padre. Está impresionante. Menudo morenazo cañón llevo de regalito a las amigas de Marta. Van a quererme muchísimo.

Edu es un armario. Grande, ancho, fuerte pero no es gordo. Es algo más alto que Dani y con unos ojos verdes que no siendo tan hipnotizantes como los de mi marido no tienen mucho que envidiar. A veces puede resultar algo antipático, es bastante seco con la gente que no conoce pero en realidad es simple timidez que no puedes explicarte en un tío como él. Edu no tiene familia aquí, sus padres ahora viven en Almería y son algo hippies. Tiene poco contacto con ellos. La verdad es que no le culpo, siempre han pasado mucho de él y es muy independiente desde que era niño. Como Dani, Edu tiene un éxito increíble con las mujeres pero encima él no tiene que rendir cuentas a nadie así que puedes imaginar que su vida sexual es bastante activa. No es un tío al que le duren las novias. No es que no crea en el amor ni tenga fobia al compromiso como mi hermana Marta, más bien lo contrario. Edu cree y sé que le gustaría encontrar a su media naranja pero en cuanto ve que no lo es, deja la relación. Por eso llamar novias a sus conquistas no es del todo correcto.

Trato de sonreír pero no le engaño, mi padre ya le ha puesto al corriente.

-¿Seguro que quieres ir Lola?

- Pues claro. No me mires así, vamos a pasarlo bien, necesito que me ayudes a divertirme.

Creo que no hemos dado ni dos pasos cuando un grupo de chicas se llevan a Edu de mi lado. Pero no me importa, que se diviertan, a ver quién se lleva el postre esta noche.

Me deshago de Marta en cuanto puedo y me dirijo a la barra. Aquí es donde quiero estar. Aquí me tratan estupendamente. He perdido la cuenta de las copas que llevo. Y no recuerdo el nombre del chico que bebe conmigo. Pero me estoy partiendo de risa.

Un par de horas después no me río tanto. Recordar el divorcio me pone histérica ¿Para qué tan rápido? ¿Habrá conocido a otra mujer? Dios mío, creo que tengo que salir de aquí. Este chico ya no me resulta tan gracioso. Pero mi nuevo amigo enciende un porro y pienso que unos minutos más no me harán daño. Al rato vuelvo a sentirme bien, tengo una risa floja que no puedo parar. Qué gran nuevo amigo tengo.

No sé cuándo ha empezado a besarme, no lo hace nada mal. Me pide ir a un sitio más tranquilo y terminándome la copa de golpe le digo que me espere en la puerta del local, necesito ir al baño.

Estoy muy nerviosa, yo nunca he hecho estas cosas. Nadie tiene porque enterarse, a este chico no lo he visto en mi vida y no volveré a verlo. Puedo recuperar a Dani, pero no voy a estar a dos velas hasta entonces. Estoy convencida de que él no lo está.

Estoy a punto de salir del baño, me cuesta un poco mantener el equilibrio, cuando entra Edu y me encierra dentro de uno de los servicios.

-¿Pero qué coño estás haciendo Lola? -está bastante cabreado -¿Ibas a irte con ese tío? ¡Os he oído!

-¿Y a ti qué coño te importa? —salto -¿Serás cotilla? ¡Acaban de pedirme el divorcio y tengo derecho darme un puto capricho!

Me mira en silencio unos segundos.

-Si lo que quieres es sexo yo puedo dártelo joder, no hagas el idiota.

- ¿Tienes condones? -vaya no debo ir tan mal, soy una chica responsable.

- ¿Qué te has fumado? No hablaba en serio. No voy a acostarme contigo en este estado.

-No digas chorradas, estoy bien. ¿Tienes o no tienes condones? -repito intentando parecer muy segura.

-No, no tengo.

-Pues entonces ni hablar. Me voy con mi nuevo amigo. Yo no tomo anticonceptivos y creo recordar que tú no eres de los de marcha atrás querido, o al menos no lo has sido conmigo. Pero tranquilo no me quedé embarazada porque puede ser que mi cuerpo no funcione ¿Sabes?

-Joderrrrr, cállate de una vez -Edu ha perdido la paciencia. Me besa con furia y me apoya contra la pared. Mete la mano bajo mi vestido y aparta mis bragas con una mano mientras no deja de besarme. Su dedo empieza a hacer suaves círculos en mi clítoris, sin prisa, muy suave. Sus besos pierden fuerza, son más dulces. Estoy tan cachonda que en cuanto introduce un dedo en mi creo que voy a correrme pero me contengo.

-Puedo dártelo ¿me oyes? No busques fuera. Yo voy a ayudarte —y mientras lo dice mete un segundo dedo en mi interior, los mueve con rapidez. Los mete y los saca ahora con cierta brusquedad y hace que me corra ahogando un grito en su boca. Jadeo y abrazada a él empiezo a llorar.

Edu me coloca las bragas, me estira el vestido y secándome las lágrimas con sus labios me susurra al oído: Volverá Lola, ya lo verás. Él siempre vuelve.

7 NO HABLEMOS

No recuerdo como llegué a casa aquella noche. Me despierto a las tres de la tarde con una resaca espantosa y sin poder quitarme de la cabeza la frase de Edu: Él siempre vuelve.

Hago grandes esfuerzos para ponerme en pie. Llego de milagro al baño y empiezo a vomitar. Parece que esto me ayuda. Vuelvo a echarme en la cama con el sobre que trajo mi suegro. Lo abro con la tonta esperanza de encontrar alguna carta de Dani. Nunca me ha escrito y menos ahora ¡Estúpido!

Cierro el sobre de nuevo y llamo a mi tío que es abogado y lleva divorcios. Está enterado de todo. Me pide que le acerque el sobre a su casa y agradecida decido empezar a arreglarme.

Tengo un whatsapp de Edu. Es de hace un par de horas.

"¿Arrepentida?"
Joder ¿Por qué sonrío? En realidad no me siento muy culpable, no recuerdo con mucha claridad la

noche entera pero sé que no me lo tiré. Aunque pensar en mirarle de nuevo a la cara me mata. Decido contestarle.

"Avergonzada"

A los pocos segundos llega su respuesta:

"Quiero verte"

Esto es lo malo de los mensajes ¿Quiero verte? ¿Qué tono está utilizando? Y yo, Lola alias la impulsiva contesto sin pensar:

"¿Enfadado? ¿preocupado? ¿cachondo?"

Joder, joder, joder le he dado a enviar. ¿Pero cómo rayos se me ocurre? Por dios que alguien me quite esta mierda de teléfono. ¿A qué coño estoy jugando?

Suena el teléfono. Y cuelgo. Es Edu. Diossss ¿No se dará cuenta de que me quiero morir aquí y ahora y para siempre?

Recibo otro whatsapp

"¿Me has colgado???"

Contesto con cuidado:

"perdona, tengo prisa. Quiero llevar papeles a mi tío"

Así está mejor. Naturalidad, olvidemos. Pero suena de nuevo un whatsapp:

"yo te llevo, te recojo en media hora"

Vamos a ver como arreglamos todo esto y volvemos a ser los de antes. Estoy segura de que le pasa como a mí, sé que el estar conmigo le hace sentirse cerca de Dani. Estos dos son uña y carne. Se necesitan.

Estamos llegando a casa de mi tío. El encuentro con Edu ha sido bastante fácil. Ninguno hemos sacado el tema y decido que es mejor así. Lo olvidaremos, seguro.

No encontramos sitio para aparcar y se ofrece a dar vueltas mientras yo subo deprisa a dejar el sobre.

Mi tío es un amor, no me pregunta demasiadas cosas. Tampoco yo le digo que no quiero divorciarme. Solo le entrego el sobre y le pido que me cuente cuando lo haya leído.

-Tu tranquila Lola, todo saldrá bien -dice leyendo por encima el contenido del sobre -¿El piso está a la venta?

-No, claro que no.

- Está bien, está bien niña, tú vete tranquila que yo te llamo.

Salgo de allí algo incomoda. ¿El piso? ¿Quiere vender nuestro piso? Le pido a Edu que me lleve allí. Me gustaría recoger algunas cosas que Marta olvidó y tengo necesidad de entrar, quiero verlo de nuevo ¿Y si no volviera a verlo?

Edu entra conmigo. Es dar un paso dentro y sentir que me falta el aire.

.   -Tranquila -me dice al verme temblar. Pero sus

palabras no funcionan.

Recorro pocos metros despacio, intentando no llorar. Pero cuando llego a nuestro dormitorio y veo su foto sobre mi mesilla me derrumbo. Me siento en la cama y empiezo a sollozar con fuerza. No me importa que Edu me vea así.

-¿Quieres que te deje sola?

No respondo.

-Lola ¿Quieres que me marche? –insiste.

Pero yo sigo muda mirando la foto de Dani hipnotizada. Dormida en mis recuerdos.

Edu se sienta a mi lado. Me acaricia el pelo y yo no me inmuto. Pero de repente empieza a besarme el cuello y cierro los ojos.

-Eso es -susurra -cierra los ojos y piensa en él Lola. Piensa que es él quien te está besando. Relájate- y suavemente me tumba sobre la cama y comienza a desnudarme despacio, con una maestría increíble, consigue quitarme toda la ropa sin dejar de besarme. Cuando me tiene completamente desnuda separa un segundo sus labios de mi cuerpo y venda mi ojos con el foulard que llevaba al cuello hace escasos segundos.

Me besa cada centímetro de la cara, baja por el cuello y se detiene en mis pechos. Me mordisque el pezón derecho con la fuerza justa para hacerme estremecer y pasa al izquierdo. Dios, esto es alucinante. Estoy metida en su juego al cien por cien. Siento que es Dani quien me succiona los pezones, quien está bajando por mi tripa y me sopla con suavidad el ombligo. Siento como me separa los muslos y me lame los labios, siento como su lengua juega en mi interior. El tiempo se detiene. Solo nosotros, Dani y yo en nuestro dormitorio. Me chupa, me mordisquea y succiona una y otra vez, su lengua se vuelve loca y gira con pericia alrededor de mi clítoris. Cuándo estoy a punto de correrme se separa y antes de que quiera darme cuenta está dentro de mí, me está follando completamente en silencio, apenas le oigo respirar pero en un momento dado pierde un poco el control y se deja llevar, le oigo jadear y ya no puedo contenerme. Mientras me corro grito su nombre:

-Daniiiiii.

Edu sale del apartamento en silencio. No es que me deje tirada. La casa de mis padres está a un par de manzanas. Pero sabe que necesito estar sola.

Noto como me echa una manta por encima y no es hasta que oigo cerrarse la puerta cuando decido quitarme el foulard.

Paso la tarde ahí tumbada. Oigo whatsapps llegando pero soy incapaz de moverme.

Me avergüenza reconocerlo pero este extraño juego que nos traemos Edu y yo me gusta. Parte de mi sabe que no está bien, que debo ponerle fin cuanto antes, pero otra parte necesita seguir cerca de Dani y esta aunque extraña, parece una buena manera.

No pienso en Edu. No me pregunto sus motivos para entrar en esto. Me dan igual. Él es mi unión con Dani, él es lo único que consigue hacerme vivir soñando y no quiero despertar. Todavía no.

Llego a casa de mis padres muy tarde. Todos duermen. Me siento incapaz de tumbarme de nuevo. Recuerdo los whatsapp y saco el teléfono del bolso. Tengo uno de mi madre preguntando si voy a cenar. Evidentemente no he venido. Y otro de Marta diciéndome que si quiero ir al cine le llame. Y luego cinco de Edu:

"Llámame por favor"

"Lola tengo que hablar contigo"

"¿Estás bien?"

"Lo siento"

"Perdóname por favor"

Parece que está en línea. Le envío una respuesta sincera.

"No tengo nada que perdonar. Estoy bien"

Me llama y contesto deprisa para no despertar a nadie.

-¡Qué susto Edu! No esperaba que sonara. Es tardísimo.

- Ya, pero estamos despiertos y odio los

whatsapp —responde.

Sonrío, también Dani los odiaba.

-¿Quieres que hablemos de ésto?

Podría preguntarle a que se refiere con "ésto" pero sé perfectamente de lo que habla.

-Mejor no Edu.

No dice nada durante unos segundos.

-Está bien. Que descanses Lola -y se despide con cierto tono de decepción que prefiero dejar pasar.

8 EL FOULARD ROJO

El lunes anulo la cita con Teresa y me dirijo al despacho de mi tío. Voy sola. Estoy muy nerviosa.
Me hace pasar y tras unas dulces palabras me explica la situación.

Dani quiere un divorcio de mutuo acuerdo. Pretende vender la casa y que nos repartamos el dinero. Me dice mi tío que va a ser sencillo. Al parecer si nos ponemos de acuerdo todo será rápido y la casa, que compramos muy bien, no piensa que tengamos problema en venderla pronto.

Dejo que hable, le oigo decir cosas como que dentro de lo que cabe no será muy duro. Y cuando creo que ha terminado le digo un simple:

-No.

-¿No quieres repartir lo que os den por la casa? ¿Quieres comprarla tú?

- No me quiero divorciar.

Parece confundido.

-Lola, cuando uno de los cónyuges quiere el

divorcio en España lo consigue. Podemos hacerlo por las buenas o ir a juicio pero te adelanto que ningún juez va a obligarle a seguir casado.

-Tío, voy a recuperar a mi marido. Solo necesito tiempo.

Y sin más que decir salgo de allí decidida rumbo a casa de mis suegros.

Sé que a esta hora puedo estar tranquila, mi suegro seguirá trabajando.

Nunca me he sentido a gusto en esta casa. Reconozco que es preciosa pero fría. Me da terror moverme y romper algo. Todo está tan limpio que creo que puedo manchar la estancia con mi sola presencia. Tampoco nadie se ha esforzado nunca porque me sienta como en casa, no son solo manías mías.

Alicia, mi suegra, me deja pasar sorprendida y algo violenta. Es una mujer bastante joven para tener un hijo como Dani, alta y guapa. Siempre impecable, da igual la hora del día que sea, ella siempre está perfecta. Es inteligente pero completamente absorbida por su marido. Abogada como él, le conoció haciendo unas prácticas. Mi suegro el dueño del bufete se encaprichó de ella y supo deslumbrarla. Ella jamás da un paso al frente sin su consentimiento, por eso sé que lo que voy a pedirle no será fácil. Él me odia, estoy segura. Engreído, prepotente, en resumidas cuentas, un imbécil. Me exaspera. Al principio me dolía, me esforzaba mucho en intentar ganarme su aprobación pero llegó un momento que me rendí.

Me incomoda sentir lo incómoda que se muestra Alicia con mi visita. Estoy segura de que Dani no les ha contado nada. Le conozco bien, nunca lo haría.

Soy breve. Le digo que necesito hablar con Dani pero veo que se cierra.

-Por favor Alicia, ayúdame.

Me mira y detecto una ligera muestra de lástima en su mirada.

- Lola no creo que yo deba intervenir de ninguna manera en esta situación.

- Te lo pido como mujer ¿no lucharías tú por salvar tu matrimonio?. Te juro que sólo quiero hablar con él, es necesario. Yo...le quiero. No puedo vivir sin él.

Le he tocado la fibra sensible. Duda un instante pero responde.

-Dani vendrá el jueves a una reunión en Madrid. Solo pasará el día pero quizá encontréis el momento. Aunque insisto que yo no quiero meterme en esto. Dani no está bien y no sé lo que ha pasado ni quiero saberlo, podrás entender que como madre yo siempre estaré de su parte.

-Lo sé Alicia y lo entiendo. Pero te lo suplico,

convéncele para que me llame.

Le dejo mi número y me voy con muchas esperanzas.

Ya de vuelta en casa me llama Edu. Quiere cenar conmigo. Yo también tengo ganas de verle y quedo en recogerle en su estudio en una hora.

Subo por la escalera porque es solo una planta. Está muy oscuro. Cuando estoy casi arriba me detengo. Oigo voces. Edu está hablando con una chica en la puerta.

-No tengo su número te lo juro -le está diciendo.

-¿No puedes darme el nombre del bufete? Yo con eso me conformo, por favor Eduardo, es importante.

Subo los últimos escalones hecha una furia.

-¿Eres tú la puta que se está tirando a mi marido?

La chica asustada me empuja y sale escopetada escaleras abajo. Edu me agarra fuerte y me impide seguirla.

-Déjalo Lola.

- ¿Es ella?

-Sí, es ella.

-¡Hija de puta, cabrona! ¡Suéltame Edu, voy a partirle la cara!

Pero no me suelta. Tira de mí y cierra la puerta. Estoy fuera de mí. Empiezo a darle golpes y a descargar toda mi furia contra él.

-¡Mierda, mierda! -le golpeo desenfrenada.

No se defiende. Se queda inmóvil aguantando el tirón y eso me pone más nerviosa.

-¿No vas a decir nada? -grito histérica.

-Tengo condones.

Me agarra del brazo y me mete en su estudio. Antes de llegar al sofá ya estamos los dos desnudos. Noto que me observa pero yo no puedo mirarle

-Tápame los ojos -le pido.

Y sin pensarlo dos veces agarra un pañuelo de seda rojo que cuelga junto a otras prendas de un burro y me venda. Con suavidad me tumba en el sofá sus manos ansiosas recorren mi cuerpo. Se centra en mis pechos un buen rato, los masajea sin prisa, disfrutando el momento y de repente noto como su lengua los recorre enteros. Me lame y da pequeños mordiscos hasta hacerme gritar de placer.

-Grita Lola, grita todo lo que quieras. Y disfruta.

Eso hago. Dejo que mi imaginario Dani saboree cada centímetro de mi cuerpo. Le oigo rasgar el condón, abro las piernas apoyándolas en sus hombros y dejo que de un solo golpe se introduzca en mí. Me embiste tan fuerte que confundo de nuevo el placer y el dolor. Me olvido de todo mientras entra y sale de mí enloquecido y me dejo ir diciendo:

- Te quiero Dani.

9 NO LE DES VUELTAS

La semana pasa lenta. Tanto que mi humor es cada vez más malo. Los nervios pueden conmigo. El jueves estoy insoportable. Miro el reloj cada minuto y me desespero. Mis padres algo incómodos con mi actitud ante los clientes me piden que deje el trabajo por hoy. Subo al coche y juego a mi peligroso juego de loca sentimental al volante. Curiosamente el destino final es la casa de mis padres y resignada decido entrar.

Un whatsapp llega cuando estoy a punto de destrozarme la boca mordiéndome el labio nerviosa.

"¿noticias?"

Es Edu. Hoy no hemos comido juntos. Tengo que estar preparada, Dani puede llamar en cualquier momento y necesito estar centrada. Siento que mi vida dependerá de lo que suceda hoy y estoy aterrada.

No contesto al mensaje. Miro la hora ¡Son las siete ya! ¿A qué hora saldrá su avión? Qué raro, parece que esto no pinta bien.

Llamo a mi suegra y me salta su buzón. Desesperada vuelvo a intentarlo. No sé cuántas veces seguidas marco pero al fin me contesta.

- Alicia soy Lola.

-Lo siento Lola, se marchó hace un par de horas. No pude convencerle.

Destrozada y sin despedirme cuelgo.

Recojo mis cosas y subo al coche. No me dejo llevar, se dónde voy y llego en poco minutos. Toco el timbre del estudio de Edu que no tarda en abrir. Le entrego un foulard y comienzo a desabrocharme el vestido.

Pasamos la noche allí dormidos en el sofá. Me despierto horrorizada al ver como un Edu completamente desnudo me abraza. Me pongo de pie de un salto y le despierto.

-Lola ¡que susto! ¿Qué hora es?

- Tengo que irme -intento taparme cómo puedo y él sonríe

-No hay nada que no haya visto ya tranquila.

-¡Cállate! -grito tajante- Edu, esto se nos está yendo de las manos.

-Podemos parar cuando quieras- me reta.

-Pues que sea ya. Igual deberíamos dejar de vernos.

-Muy bien, si es lo que quieres.

Me cabrea su pasotismo

-Tengo que irme o no llegaré a la tienda.

-Ya sabes el camino.

-¿Eres imbécil?- entro de cabeza en su juego.

-No sé por qué me insultas.

-Sí que lo sabes.

-Pues deja de decir gilipolleces. No quieres dejar de verme.

-Tú que sabrás.

-Deja de vestirte y acércate Lola.

-No pienso.

-Lola…

-¡Que no!

-Está bien pues márchate.

Me visto furiosa mientras él desaparece en el cuarto de baño. Cuando termino de recoger todo veo el foulard medio oculto entre los cojines del sofá y tiro de él. Dudo un instante. Joder, joder, joder ¿me estaré volviendo ninfómana?

-¿Sigues aquí?

Edu sale del baño y me encuentra perdida en mis pensamientos mirando el foulard que llevo en las manos. Se acerca despacio y me besa el cuello.

-Lola, Lola… quieres y yo quiero. No le des tantas vueltas. Tú viniste buscando sexo déjame que te dé un poco más.

-Yo vine buscando a Dani.

-No me importa. Seré Dani.

Y arrancándome el foulard de las manos me venda con una increíble rapidez. Me tumba en el suelo y sin tomarse las cosas con calma me separa las piernas y hunde su cabeza entre ellas haciéndome perder el control. Me vuelve loca, mi cuerpo da enormes sacudidas y él me sujeta con fuerza. Estoy a punto de estallar.

-Métemela Dani ¡Ahora!-grito.

Y de una sola embestida me lleva al orgasmo. Me suelta unos instantes y empiezo a recuperar la respiración. Noto que se acerca y creo que va a besarme pero entonces noto un enorme bulto empujando entre mis labios.

-Vamos Lola, Dani quiere algo de ti.

10 BEA

Llego a la tienda con cierto retraso y a mis padres se les ve molestos.

-¿Dónde has estado Lola? -mi madre intenta ser comprensiva.

-En mi apartamento -miento.

-Deberías avisar. O al menos coger el móvil que para algo lo tienes -interviene mi padre algo menos suave que mi madre.

-Tenéis razón, lo siento. Avisaré la próxima vez.

Dejo mis cosas en la trastienda, apenas me queda batería y no he traído el cargador. Tengo un whatsapp de Edu.

"te recojo para comer"

No contesto. Tengo que acabar con esto ya. Me siento sucia y hoy Edu ha estado... No sé, algo extraño.

-Lola sal -es mi madre -tienes visita.

-¡Bea! -grito entusiasmada -¡Qué ilusión verte! -Bea es mi mejor amiga. Es la persona más divertida que hay sobre la faz de la tierra. Un peligro en realidad. Vive en Bilbao y no nos vemos mucho pero no importa, lo que nos une no lo rompe la distancia. No somos de hablar demasiado. Entre otras cosas porque Bea es un culo inquieto y nunca está más de un par de días en el mismo lugar y no es muy amiga del móvil, es inútil intentar localizarla. Cuando ella quiere dar señales me encuentra.

Nos conocimos en un campamento cuando todavía éramos niñas y ya era un auténtico peligro. A Dani nunca le gustó porque temía las tonterías que me incitaba a hacer. En cambio a Edu le encanta, cada vez que viene de visita acababan follando en el coche. Recuerdo preguntarle si no podían buscarse un sitio mejor pero Bea dice que cada hombre tiene un lugar y siempre debe ser el mismo. Tiene montones de lugares reservados a sus amantes con derecho a repetir. Si no es un tío al que vaya a volver a ver se limita a la cama, eso le parece soso y suficiente para un amante pasajero. Es un ser libre, inquieto, es única.

-Adivina quién viene a abrir su lista de bodaaaaa -canturrea entusiasmada.

-Nooo —sonrío -tú noooo.

-¡Pues sí! Llegó el momento de sentar la cabeza amiga mía. He conocido a un hombre fantástico que me quiere atar.

-Pero Bea ¿Qué dices? El matrimonio no es lo tuyo -me rio.

-Ni lo tuyo mona. A la vista está.

Ella es así, lo dice sin pensar y sin querer hacer daño y no me lo hace en realidad, pero ¿cómo lo sabe?

-¿Cómo te has enterado?

-No conseguía localizarte ni en casa, ni en el móvil. Me costó un montón conseguir el número de casa de tus padres. Me asústate tía. Y bien sabes que yo soy difícil de asustar. Pero tú siempre contestas a mis escasas llamadas –sonríe -no tardé en sospechar que algo iba mal.

-Te lo ha contado Marta.

-Sí, estaba deseando soltarlo ¿eh? No tuve que indagar demasiado, que cachonda es tu hermana. No entiende que no lo cuentes y sinceramente yo tampoco. Ese Dani era un ser libre Lola. No era para ti. ¿Y sabes lo que te digo? Que yo me alegro. Siempre he pensado que tú tenías algo encerrado ahí dentro y aquí estoy yo para ayudarte a sacarlo. Vengo a celebrar contigo y todo hombre que se tercie mi despedida de soltera y tu bienvenida a la libertad. Pero recuerda Lola, cuando recupere yo la mía tu vendrás allí donde esté a celebrarlo ¿vale?

No puedo evitar reírme, no hay maldad en sus palabras y lo dice con una gracia que aunque podría decirle que se equivoca no merece la pena. No va a entenderlo tan fácilmente. Más tarde le aclararé todo.

Pasamos un par de horas preparando el tema de la lista pero creo que no ha prestado atención y prefiere organizar su despedía. Grita tanto al hablar que en cuanto acabamos la ficticia lista mi padre me anima a tomarme el resto del día libre y saque de ahí a esa amiga que no termina de gustarle.

Escribo un whatsapp a Edu para anular la comida. De hecho pensaba hacerlo aunque no hubiera aparecido Bea. Tengo que mantenerle lejos de mí hasta que recupere el juicio. Primero escribo que está aquí Bea pero luego borro ese dato y solo le pongo:

"no puedo comer hoy"

Envío y meto el móvil ya sin batería en el bolso.

Pasamos una tarde fantástica. Una tarde de chicas que tanta falta me hacía. Como ya imaginaba cuando intento explicarle que mi idea es recuperar a Dani le da por reírse y salta de un tema a otro como es habitual en ella. Mejor así, no busco su aprobación, estar con ella y reír es más que suficiente.

Dejo a Bea en mi apartamento descansando y voy a casa de mis padres a prepararme una bolsa con ropa. Estaremos mejor allí las dos solas el tiempo que quiera quedarse.

Al llegar a la puerta me encuentro a Edu esperando fuera.

-¿Dónde te has metido? -está enfadado.

-Oye tío cálmate.

-¿Tío cálmate? ¿de qué vas?

-Edu ¿Qué te pasa?

-Que llevo todo el puto día intentando localizarte. Y tienes el móvil apagado.

-¿Ha pasado algo?

-No joder Lola, no ha pasado nada. ¿Y a ti?

-Pues tampoco.

-Estaba preocupado por ti. No te entiendo.

-¿Qué no entiendes?

-¿Por qué no me has llamado? Habíamos quedado para comer.

-Te he mandado un whatsapp.

-Ya pero no decías nada.

-Oye Edu que no eres mi padre ¿Eh? ¿Qué coño te pasa?

Parece incómodo.

-No lo sé –resopla -pensaba que te pasaba algo. Esta mañana todo ha sido muy distinto y…

-Calla Edu. Déjalo ¿Vale? No puedo hablar de esto ahora. Claro que me siento mal con todo esto y creo que tú también.

No contesta y me persigue por la casa mientras voy metiendo cosas en la bolsa.

- ¿Dónde te vas? -mira la bolsa extrañado.

-Voy a pasar unos días con una amiga en mi apartamento.

-¿Tú crees que es buena idea? ¿Quién es tu amiga?

-Creo que sí, Edu. Tampoco tenemos idea de pasar mucho tiempo dentro -cambiar de tema es agradable.

-¿Pero quién es?

Es absurdo seguir sin decírselo.

-Mi amiga Bea ¿Te acuerdas? ¡Se casa!

Parece atragantarse.

- ¿Cómo que se casa? ¿Bea? ¿Mi Bea?

-No es tuya- me rio- Bea es un ser libre.

-¿Se casa de verdad?

-Sí. Vamos a celebrar…

El sonido del móvil de Edu me interrumpe

-¿Sí? ¡Hombre la novia! -le oigo decir divertido.

No puedo creerlo ¡Bea le está llamando!

-Sí, justo estoy aquí con ella y me estaba contando. Por supuesto que voy. Y sí, me llevo unos amigos jajaja -no para de reír- vale, vale pero tú estás reservada.

Me meto en el baño. Y abro el grifo de la ducha para no oír más. La conversación me está molestando y mucho. No quiero escuchar. Cojo unas cuantas cremas que meto en la bolsa y oyendo de fondo a Edu reír cada vez más fuerte decido meterme en la ducha.

Estoy quitándome el champú cuando siento a alguien entrar. Doy un grito asustada y siendo como una mano me tapa la boca.

-Chisss- susurra- No grites y no abras los ojos. Voy a enjabonarte.

No me muevo, dejo que sus manos acaricien mi cuerpo. Estoy excitadísima. Me acaricia con el gel de baño con mimo. No se para en ninguna zona, solo desliza sus manos con suavidad por todo mi cuerpo y cuando estoy entregada del todo se introduce en mi de una forma muy diferente a la de ayer. Poco a poco va cogiendo el ritmo y la fuerza que necesita mi imaginación, Dani es brusco así que necesito que Edu lo sea y sí, segundos después me embiste con muy poca dulzura y siento que Dani está junto a mí.

Horas después Bea y yo estamos ya algo pasaditas de copas cuando entran Edu y algunos amigos en el bar.

-¡Yuhu! -grita Bea -Me has traído Bomboncitos.
Y todos se echan a reír. No sé de donde habrá sacado a estos tíos, no los había visto en mi vida pero imagino que serán modelos de algún trabajo en que ande metido ahora mismo. Son increíbles.

Tú estás reservada- Le dice Edu a Bea cuando pasa a nuestro lado y ella ríe encantada. Casi ni me mira y yo prefiero no hacerlo demasiado. Hace pocas horas salió en silencio de la ducha y no hemos vuelto a tener contacto. Mejor así. Ha sido otra locura que me recuerda que hay que acabar con esto cuanto antes. Él debe sentir lo mismo y por eso me evita.

La noche es joven y la calle está llena de locales. Pasamos de uno a otro bebiendo y bailando como locos. Los Bomboncitos van retirándose poco a poco, estos niños monos cuidan demasiado su aspecto y no se dejan llevar tan fácilmente. Pero a las cinco todavía queda uno que parece haberse fijado en mí desde el principio. No le he hecho demasiado caso porque me he dedicado a bailar con Bea más que a otra cosa, bueno y a beber, por supuesto, de eso se encarga el Bomboncito, al que ya todos le llamamos así. Continuamente me trae una copa antes de que logre acabar la anterior. Al salir de baño veo que Edu y Bea se están dando el lote en una esquina. La imagen me petrifica. Joder ¿Qué está haciendo? Edu debería estar pendiente de que no me dé un bajón.

-Vaya con la novia -me dice el Bombón agarrándome por la cintura.

Y pendiente de que no me entre cualquier gilipollas pienso notando como su mano baja algo más allá de la cintura. Sin cortarme un pelo le agarro la mano y arrastrándole me acerco donde están Edu y Bea magreándose y les interrumpo.

-Te cambio el postre Bea -le digo tirando de Edu con una mano y empujo al Bomboncito con la otra que recibe Bea muerta de risa.

-¿Qué haces Lola? -parece cabreado pero me sigue y se sube al coche.

-Llámame Bea y hazme todo lo que tenías pensado hacer con ella.

Llegamos a mi apartamento ya casi con el sol del todo fuera. Edu me acompaña hasta arriba y sonreímos al oír a Bea y al Bomboncito en el dormitorio de invitados. Entro de puntillas y asomo la cabeza para despedirme de Edu que sujetándome me planta un beso con lengua y se despide.

-El mejor polvo que hemos echado Bea, no te reconozco. Descansa.

Y tonta de mí cierro la puerta feliz.

Me despierto con la peor resaca que recuerdo. Casi no hay ya luz en la calle. No puedo creer que lleve todo el día dormida.

Tengo vagos recuerdos de la noche anterior. Me incorporo con dificultad y logro meterme en la ducha. Poco a poco el agua me espabila y mi mente empieza a recomponer sucesos. Dios santo... ¿en qué me soy convirtiendo? Yo no soy así, de verdad que no. ¿Dani, dónde estás? ¿Estará el haciendo cosas como estas? Salgo precipitadamente de la ducha y vómito. Me lavo los dientes y me observo en el espejo. ¿Qué me está pasando? Oigo qué llaman a la puerta.

-¿Estás bien Lola? -es Bea y su voz aguda se me clava en la cabeza.

-Ahora salgo -me pongo una camiseta y un pantalón corto deportivo y salgo con el pelo mojado sin peinar.

-Uy -se ríe Bea al verme- pero que carita más mala tienes.

-Resaca -digo intentando sonreír.

-Anda tomate esto -me da un vaso de agua con una pastilla -y ven al salón a contármelo todo putoncita mía.

¿Putoncita ha dicho? Tengo qué borrar cualquier sospecha que tenga

-No pienses cosas raras Bea.

-¿Raras? Pero si me parece fenomenal.

-No sé qué te parece tan fenomenal pero entre Edu y yo no ha pasado nada.

-Jajaja -su risa gritona me enfurece -eres una cachonda. Venga, venga, cuentameeee. ¿En el coche? Es increíble con lo grande que es este chico lo que puede llegar a hacer en un coche. A mí una vez..

El timbre le interrumpe. Me levanto agradecida de la interrupción y abro la puerta con una evidente cara de cabreo. Edu entra y me da un casto beso en la mejilla

-¿Cómo estáis? -nos pregunta sin apartar la vista de mí.

-Bien, bien, hablando de tu maestría dentro de un vehículo -bromea Bea, para gran asombro de Edu.

-Me voy a la cama -no sé por qué digo esto. No tengo sueño ni podría acostarme por nada del mundo en estos momento pero necesito huir.

-¿Qué? -Bea grita de nuevo -¡Si te acabas de levantar! ¿Cómo te vas a ir a la cama?

Edu no se pronuncia. Todavía parece estar confundido con las palabras de Bea.

-¿De verdad no tienes fuerzas? En parte te comprendo no te creas, menuda noche la de ayer. A mí es que el sexo me da energías pero conozco a mucha gente que le agota- y dejo de escuchar su absurdo monólogo hasta que le oigo dirigirse a Edu.

-¿Tú no me fallas verdad?

-No, no, yo voy y además ya he reservado y nos esperan Paty y Felipe.

Paty y Felipe son amigos de Bea de Bilbao pero se mudaron a Madrid hace un año y hemos coincidido en varias ocasiones . Felipe queda a veces con Edu y Dani a jugar al fútbol. No puedo creer que no me haya consultado. No es que me importe demasiado, son una pareja encantadora y muy discreta. Estoy convencida de que no sacarán el tema Dani. Pero hubiera sido un detalle comentármelo la verdad.

-Genial -se alegra Bea -me doy una ducha rápida y nos vamos. Hoy eres todo mío -y se va partida de risa.

-¿De verdad vas a ir?

-Claro ¿Por qué no iba a ir?

-Porque sería insultante -¿Lo he dicho en voz alta?

-Pero ¿qué dices Lola?

-Te la vas a tirar ¿verdad? No tuviste suficiente conmigo y ahora te toca rematar- y mientras me odio con cada palabra que sale incontrolada de mi boca intento encerrarme en mi cuarto pero Edu es veloz como un rayo y me lo impide. Entra conmigo, cierra la puerta y me apoya contra ella.

-¿Siempre has sido tan complicada? -me susurra demasiado cerca.

-Suéltame.

-Lola ayer fue increíble y lo sabes.

-Que me sueltes y me dejes tranquila.

-No voy a acostarme con Bea si te molesta.

-A mi no me molesta nada de lo que tú hagas o dejes de hacer.

-Joder, joder, joderrrrr pero ¿por qué haces ésto? ¿Me quieres volver loco? Me acabas de decir que...

-Olvídalo -le interrumpo -por favor déjame sola. Necesito estar sola.

Me mira un instante dubitativo y se marcha sin decir nada. Les oigo salir al poco rato y salgo de mi cuarto. Me siento en el salón y hago zapping. Veo que en breve empiezan un par de buenas pelis y me preparo una cena ligerita y rápida que me llevo al sofá en una bandeja. Dudo entre la de suspense y la romántica y decido la romántica porque debo ser algo masoquista. Cada rato miro el móvil con la tonta esperanza de qué Edu me escriba.

A media película empiezo a arrepentirme de no haber salido. Bueno no sé si de no salir o de no haberle dicho a Edu algo más claro. No sé por qué no quiero que se acueste con ella pero no quiero. Necesito a Edu. Ya sé que Bea se irá mañana pero no sé, es como un sentimiento de posesión. Es mi amigo, es mi Dani en fantasía. Es mío. Me doy miedo a mí misma y cambio de canal. Igual la película de suspense me calma tanta chorrada. Pero no funciona. No entiendo nada de lo que pasa. Me cabrea y vuelvo a la romántica que ya está acabando. Final precioso claro, como todas estas que tanto me gustan. Se me saltan las lágrimas. Agarro el móvil en un impulso y le escribo:

"no lo hagas"

Ya me estoy arrepintiendo cuando recibo

respuesta:

"no pensaba hacerlo"

Un extraño peso se me quita de encima y decido irme a la cama.

El domingo Bea y yo comemos en una terracita. Pasamos la comida recordando viejos tiempos, me hace reír.

-Lola -dice poniéndose algo sería sin venir a cuento- tienes que salir de esta, aceptar la situación.

No respondo y nerviosa aparto la mirada.

-Eres una tía increíble. Eres joven, eres fuerte e increíblemente guapa. Tienes un imán para los tíos, los embobas y nunca has sido consciente de ello.

-Qué tontería -se me escapa.

-No es tontería, eres sexi y dulce. Los hombres ven en ti algo más que un polvo, los vuelves locos y el que no seas consciente les pone todavía más.

-¿Pero qué estás diciendo?

-Pues la verdad Lola. Siempre ha sido así, desde que te conozco veo como los tíos se derriten al verte con sólo mirarte y los pobres afortunados que logran vencer tu vergüenza y consiguen conocerte un poco, se mueren por conseguirte. No se sí sabes por dónde voy...

-Calla Bea, por favor.

-Pero es que te equivocaste de hombre, hipnotizaste al que no debías.

-Bea —insisto -déjalo, no sigas -los ojos se me están empañando, no quiero ni puedo pensar así.

-Lo siento Lola, sabes que yo no soy de dar charlas. Esto no me va, ni siquiera sé hacerlo. Pero me importas demasiado.

-Te lo agradezco, de verdad, pero no puedo Bea… hablemos de ti, te lo pido por favor, hazlo por mí.

Deja el tema de inmediato, lo ha intentado. Sé que no soporta verme sufrir y menos ser ella quien me haga daño. Pasados unos minutos me siento mejor, más tranquila y casi he olvidado lo que me ha dicho, empiezo a coger el truco a esto de guardarme muy dentro todo aquello que no quiero saber. Si le he entendido o no, es algo que prefiero no averiguar. Ella parece más cómoda también dejando el tema por zanjado y se centra en contarme como es el hombre con el que dice que va a casarse. Me muero por conocerle. Es bastante mayor que nosotras y parece un tío genial. Al parecer es muy aventurero y pasa largas temporadas viajando a lugares de lo más extraños. Bea ha estado con él en varios viajes y me cuenta entusiasmada como duermen en Cabañas que ellos mismos construyen. No me queda claro a qué se dedica ni de qué vive. Quizá sea como Bea, un ser libre a quien el dinero no le importa nada. Claro que la familia de Bea tiene más que de sobra para que ella pueda vivir así, sin ninguna preocupación. La fecha de la boda no la tienen clara y confiesa que la lista fue una excusa para ocupar mi cabeza un buen rato que falta me hacía. Me asegura que en breve recibiré noticias, en cuanto cierren todo seré la primera en saberlo. Y se marcha no sin antes recordarme que confía en que saldré de esta porque soy más fuerte de lo que creo.

Por la tarde limpio un poco el apartamento y decido recoger todo para volver a casa de mis padres. La verdad es que no me siento cómoda aquí sin Dani. Estoy a punto de salir cuando llaman al timbre y aunque el corazón se me acelera enseguida entiendo que de ser Dani abriría con sus llaves y me acerco abrir. Algo decepcionada hago pasar a Edu que sin mediar palabra me abraza.

-¿Estás bien? -pregunta sabiendo la respuesta.

-No.

-Ay Lola suspira apretándome más contra él. Su olor es tan agradable. Y su respiración me acaricia el cuello. No se poner nombre a esto que siento. Nunca pensé que pudiera desear a otro hombre que no fuera Dani. Yo quiero a Edu. Siempre le he querido pero ahora... No, estoy confundida. No quiero pensar en esto. Sólo quiero disfrutar de su cercanía, de su apoyo incondicional. Pero notar como algo está creciendo entre sus piernas con solo abrazarme me está poniendo nerviosa. De pronto se separa un poco de mí, se mete la mano en el bolsillo y estirando con suavidad saca el foulard rojo que usamos el otro día es su estudio. Intento decirle que no estoy segura pero no encuentro las palabras. Mientras él, con su ya habitual maestría y velocidad, me tapa los ojos y sus labios me comen la boca hambrientos.

Entro en mi fantasía al momento. Me dejo llevar a la cama y allí participo activamente. Toco cada milímetro de su cuerpo soñando con Dani y dejo que él juegue con el mío. Le oigo ponerse la protección pero intento olvidarme y volver a mi fantasía. Se tumba y me sienta horcajadas sobre él. Disfruto cabalgando e imaginando que cada gemido que emite sale de Dani. Me olvido que tengo los ojos tapados, me parece estar mirando a mi marido a los ojos. Acelero el ritmo y cuando oigo que su respiración se acelera y está a punto de llegar me dejo ir sin poder evitar un grito. Me desplomo sobre él y en silencio, abrazados pasamos unos minutos. Estoy relajada, muy a gusto, cuando noto que me está desatando el foulard.

-No -le pido -déjalo un rato más.

Y sin movernos ni hablarnos nos quedamos completamente dormidos.

Cuando Edu despierta me encuentra llorando.

Intento taparme pero es demasiado tarde. Me abraza en silencio y yo le aprieto con fuerza. Dios mío como duele. ¿Puede alguien sentir tantas cosas tan diferentes y tan intensas al mismo tiempo sin volverse loca?

11 HACIENDO CAJA

Hoy no doy abasto. Mis padres se han ido de viaje para asistir a una subasta en busca de nueva mercancía y Marta y yo nos estamos organizando fatal.

Encima este tío al que estoy ayudando con una mesa baja para su salón creo que me está tirando los tejos. El pobre parece buen chico y no está mal pero no puedo salir con nadie. Ya es hora de cerrar y no parece que tenga intención de irse.

Marta va despachando a los últimos clientes y cada vez que pasa a mi lado me guiña un ojo.

En esos momentos entra Edu con su amigo Luis que conozco bien y dos chicas bastante monas. Habíamos quedado para ir al cine pero mi idea era ir solos.

Ha visto como Marta me guiña un ojo y como se está cachondeando de mi e intuyo que no le hace demasiada gracia lo que ve. Tampoco a mí que me rompa los planes. Los jueves son sagrados, cena rápida y cine.

-Es que he quedado con estos amigos, pero si quieres acompañarnos me encantará seguir hablando contigo.

El chico cuyo nombre ni recuerdo se queda algo desconcertado. Su ofrecimiento era salir a tomar algo solos al cerrar pero aunque duda un instante mirando a los cuatro que acaban de entrar acepta. Debe de pensar que son parejas y que yo estoy sola. Y puede que tenga razón. ¿Quiénes son estas chicas?

Cerramos sin hacer caja e intento sin éxito que Marta se una a nosotros.

Edu está alucinando, se cuándo está cabreado, es incapaz de disimularlo.

Nos vamos los seis a cenar, las chicas resultan ser una prima de Luis y una amiga. No parecen tener muchas ganas de mi compañía pero al ver que no estoy sola se relajan, está claro lo que buscan. La prima de Luis está embobada con Edu y creo que la otra ya tiene a Luis en el bote. Yo por mi parte un poco por educación y otro poco por fastidiar centro toda mi atención en mi invitado quien resulta llamarse Nacho y parece encantado de haber aceptado el plan. La cena como era de esperar se alarga más de la cuenta y el cine hoy no podrá ser. Las chicas quieren seguir la fiesta pero yo no quiero llevar esto más allá y este chico creo que se está haciendo ilusiones. Empiezo a ponerme nerviosa cuando al salir del restaurante intenta agarrarme de la cintura. Edu se da cuenta y me mira nervioso.

Yo le sostengo la mirada pidiendo ayuda y en seguida me entiende.

-Lola ¿no tenías que hacer la caja antes de volver a casa? -pregunta.

- Uy sí, gracias Edu por recordármelo.

-¿Quieres que te acompañe? -se ofrece Nacho encantado con la idea -los números son lo mío.

-Yo me encargo gracias -dice Edu tajante.

Y haciendo caso omiso a las quejas de la prima de Luis me saca de allí ante la gran decepción de Nacho.

Al doblar la esquina y perderles de vista es él quien me agarra de la cintura y yo me siento segura. No digo nada y él tampoco. Está serio, muy serio pero creo que prefiere no hablar. Me dejo llevar y no me doy cuenta de que de verdad me ha traído a la tienda. Desconecto la alarma y entramos. Mientras me quito el abrigo Edu cierra por dentro.

-No hacía falta venir Edu, puedo hacerlo por la mañana.

-No, hagámoslo ahora -y cogiéndome en brazos me lleva a la trastienda y comienza a besarme. Pierdo los papeles al instante y le correspondo.

-No has traído foulard, tendrás que cerrar los

ojos.

Y eso hago. Los cierro y dejo que me tumbe sobre la vieja moqueta. Noto sus delicadas caricias y me estremezco. Tanta dulzura es extraña en Dani, se toma su tiempo, me disfruta y me está volviendo loca, me cuesta concentrarme. Es increíblemente agradable, estoy tan excitada que me asusto. Así no Edu, así no funcionara, pero no puedo decirlo en voz alta. Dani, Dani, Dani... tengo que conseguir pensar en Dani. De pronto se introduce en mí y sus movimientos cambian, su forma de embestirme es muy lejana a la dulzura. Ha tardado más de la cuenta esta vez pero ya está, puedo meterme en mi fantasía y dejarme llevar.

12 DÉJAME SER DANI

Mis padres vuelven entusiasmados de su viaje, al parecer la subasta fue increíble. Han llegado un montón de cajas. Cualquiera diría que lo compraron todo. A mi padre le ha entrado obsesión por abrirlas y dejar todo colocado hoy mismo. Cosa complicada dada la cantidad de clientes que han entrado hoy, no hemos parado un minuto. También he tenido dos parejas de novios indecisos haciendo lista de bodas, he intentado colocarles la ficticia pero no ha colado en ninguno de los dos casos. Querían poner exactamente lo que les gustaba. Encima no he podido ver a Edu en todo el día y para rematar estaba tan cansada al acabar el día que he tenido que hacer varias veces la caja hasta que ha cuadrado.

Me acuesto sin cenar, derrotada y caigo dormida al instante.

Suena el móvil y descuelgo aun dormida

-¡Lola!

-¿Edu? ¿Qué hora es?

-Perdona son las tres de la mañana

-¿Cómo? ¿Qué ha pasado? ¿Estás bien? -me pongo de pie de un salto.

-Sí perdóname por favor, sé que no son horas. Estoy en la puerta de tu casa. ¿Podrías salir?

-Pero Edu estoy en pijama. ¿Qué te pasa? No me asustes.

-Necesito verte, en pijama o como te dé la gana pero por favor sal.

-Vale -no puedo negarme. Algo le pasa y no voy a fallarle. Me pongo un jersey largo y unos zapatos, cojo las llaves y salgo. Esta apoyado en su coche y se le ve preocupado.

- ¿Qué te pasa Edu?

- Yo... he conocido a alguien en la sesión de esta tarde.

-¿Y?

-Una chica espectacular Lola. Impresionante, no te imaginas que pedazo de tía.

Me empieza a molestar tanto detalle.

-Edu ¿Qué coño quieres? Vete al grano.

-Bueno, no sé cómo decirte esto. La cosa es q al terminar hemos ido a tomar algo y una cosa ha llevado a la otra y...

-Y te la has tirado -estoy tan cabreada ¿por qué me hace esto? ¿por qué viene a mi casa a las tres de la mañana a contarme esta mierda?

-No exactamente.

-Edu joder ¿qué quieres? No me interesa una mierda todo esto. ¿Te tiras a una de tus putas modelos y vienes a mi casa de madrugada a contármelo?

-¡Que no me la he tirado joder! Ella bueno ella... Ella digamos que me ha hecho un favorcillo.

-Pero ¿serás cerdo? ¡Eres un cerdo y un depravado que necesita hablar de una mamada conmigo! ¡Tío búscate un colega! De esto hablabas con Dani ¿no? ¿Y vienes a mí pensando que puedo sustituirle? ¡Vete a la mierda! ¡Qué asco joder!

-En realidad venía a sustituirle yo.

-¿Qué?

-Lola ha sido todo muy raro. Ha sido incluso desagradable. No podía, no quería... yo... yo te necesito. Déjame ser Dani.

-Pero ¿qué me estas contando? ¿Qué pasa? ¿Qué te has quedado a medias?

-Más o menos... Le he pedido que parara.

Este hombre me descoloca. Viene aquí y me suelta un bombazo y luego resulta no ser del todo un bombazo y ahora dice que me necesita y yo... Yo me siento en cierto modo aliviada con el final de la historia y me molesta porque debería darme igual. Pero es que no me da igual.

Entro en su coche sin pensarlo más, él me mira desde fuera. Me quito el jersey y me lo ato alrededor de los ojos, echo el asiento para atrás y espero a que entre. No tarda.

13 ¡YA!

El próximo fin de semana mi padre cumple sesenta años. Mi madre le está organizando una fiesta sorpresa. En realidad Marta se ocupa de casi todo pero nos encarga muchas cosas y estamos algo nerviosas. No paramos de salir de la tienda con diferentes excusas para solucionar temas de la fiesta y él está muy molesto por lo poco que nos tomamos en serio el trabajo.

Edu me va a ayudar a hacer un video de fotos de toda su vida. Salgo un poco antes de mi hora con una caja llena de fotos y una excusa absurda que desespera a mi pobre padre que no imagina nada.
Hemos quedado en su casa. Al entrar un fantástico olor me hace sonreír

-¿Me has preparado la cena?

-Claro, no tengo todos los días a una impresionante mujer a quien sorprender

-Pues será porque no quieres. Podrías tener una diferente cada noche.

-Sí, claro como si fuera tan sencillo.

-Será por la falta de opciones que tienes, todo el día rodeado de modelos babeando por ti.

-A ver si te crees que soy el único tío. Sí vieras con lo que tengo que competir.

-Eso es cierto, el Bomboncito y sus amigos eran dura competencia.

-¿Sí? ¿Te interesa alguno en concreto?

Parece incómodo. Yo también me siento incómoda. Es todo tan absurdo. Mejor tomárselo a broma y hacerle reír.

-Bueno no te quejes, que nunca has tenido a tu pajarito escondido mucho tiempo.

- ¿Mi pajarito? -se carcajea. Ya lo he conseguido.

Se me acerca y quedo algo atrapada entre él y la encimera de la cocina.

-¿Le has puesto nombre? -su cara está demasiado cerca. Me logro apartar un poco

-Edu por favor deja de decir tonterías. Yo no he puesto nombre a nada. Estaba bromeando -Déjame, me estas agobiando.

Se aparta de inmediato y tras unos segundos de incomodidad y silencio nos ponemos manos a la obra.

Nos lleva un buen rato separar las fotos por fechas y apuntar anécdotas de cada montón. Lo pasamos bien y nos reímos mucho con varias de las historias que le cuento.

Paramos un rato para cenar y el rato se alarga. Me siento muy a gusto. Hablamos con naturalidad y Dani no aparece en ningún momento en nuestra conversación.

Se nos ha hecho tarde. No tenemos fuerzas ninguno de los dos para seguir con el tema del video.

-¿Te parece que lo dejemos así y mañana hago unas pruebas durante el día? Por la noche te invito a cenar otra vez y ves si te gusta ¿Vale?

-Pero ¿cómo vas a hacer tú todo esto?

-No podré entrar en el estudio durante un par de días. Ya te dije que he barnizado así que no tengo nada mejor que hacer.

-Acepto -digo agradecida -pero yo traigo la cena ¿vale?

-Perfecto ¿Quieres quedarte a dormir?

Su mirada me provoca escalofríos. No puedo, no debo.

-No, gracias Edu. No creo que... ha sido genial así...

-Sí, genial -sonríe y detecto decepción en esa extraña sonrisa.

Me acompaña a la puerta y sin pensar demasiado le doy un suave beso en los labios. No me doy cuenta, pero al terminar me siento incómoda de nuevo y me despido deprisa. Me olvido del ascensor y bajo la escalera acalorada.

He pasado gran parte del día en la trastienda intentado escribir una carta para Dani. Visto que no quiere hablar puede que esta sea la mejor solución. Pero no lo he conseguido. No me salen las palabras. Empiezo bien pero acabo enredándolo todo y enfadándome con él.

Una parte de mi murió el día que lo supe y recuperar al culpable de ello no me resulta tan sencillo. Además aunque me niegue a pensar en todo lo que ha sucedido desde entonces, me siento muy culpable y confundida. Al final me rindo por hoy y llego algo triste a casa de Edu. Encima había olvidado por completo que me comprometí a llevar la cena y solo he tenido tiempo de pasar por un McDonald's.

- Hombreee que detalle -dice Edu divertido al ver las bolsas -¡Tú sí que sabes ganarte a un hombre! -y nos sentamos a cenar en la mesa baja de su salón.

-¿Qué tal el día? -me pregunta.

-Malo.

-¿Y eso?

- He intentado escribir una carta a Dani pero me cabreo con él cuando escribo. Y además me siento tan culpable...

Admitirlo en Voz alta es extraño.Edu no habla y no disimula el fastidio que le causan mis palabras.

Parece que Dani no entraba dentro de sus planes de conversación. Ha sido nombrarle y torcer el gesto.

- Dime algo Edu. ¿Tú no te sientes mal?

-No, Lola. Yo siento que estoy cuidando de ti.

- Es un juego peligroso.

-Un juego que nos gusta... ha ocurrido y ni tú ni yo lo contaremos nunca así que desde mi punto de vista ahora no merece la pena arrepentirse. Tú lo necesitas, yo te lo doy encantado y punto. Y te ayuda mientras tu marido decida volver- Está muy cabreado.

"Tu marido", ese tonito ¿a qué viene? Y ¿qué ha dicho? ¿Que yo necesito sexo y él me lo da? pero ¿qué se ha creído?

-¡Yo no necesito sexo! Yo necesito a mi marido y que sepas que tú no le llegas ni a la punta del zapato- la rabia me recorre entera, me siento insultada -Eres un imbécil. ¡No quiero q me cuides! ¡Sinvergüenza! Aquí el que quieres follar eres tú y te ha resultado muy fácil con tus juegos enfermizos- ¿Cómo se le ocurre decirme algo así?

Entre grito y grito ya he llegado hasta la puerta. Edu está tan cabreado que las orejas le arden.

-Este juego lo has jugado muy libremente. Incluso has venido a buscarlo.

-¡Gilipollas! -cierro de un portazo y salgo de allí como una bala.

Pasan varios días sin noticias de Edu. Estoy de humor de perros. Me fastidia necesitarle tanto. Le echo de menos pero intento tener el móvil apagado casi todo el día para no estar tentada a escribirle o llamarle. Aunque si te soy sincera, de vez en cuando lo enciendo con la esperanza de recibir alguna noticia. Cuando pienso en sus palabras me asusto. No quiero pensar en ello. No estoy segura de que sea del todo falso pero no puedo aceptarlo. Me duele que haya dicho que lo ha hecho por mí. ¿Cómo si él no hubiera querido? ¿No le apetecía y me hacía un favor? Pero lo peor es lo que duele que esto me duela. Estoy loca, lo sé.

El sábado por la mañana recibo un whatsapp suyo. Antes de abrirlo ya sonrío.

"dime que puedes conseguir una pantalla, yo llevo el proyector. El video ha quedado genial"

Escribo varias respuestas y las borro. Joder, ¿qué se le dice a un gilipollas que te ayuda tanto?

"Ok"

Envío. Mierda me ha quedado muy borde.

"gracias"

Envío. Soy imbécil. No soporto este invento. Ahora queda incluso peor. Meto el móvil en el bolso y me siento otra vez como cada día a intentar escribir la carta de Dani que como era de esperar acaba destrozada en mil pedazos en la papelera, otra vez.

Edu llega a casa poco después de comer. Mi madre se ha llevado a rastras a mi padre al cine y a merendar. Marta y yo tenemos que tener todo listo para su vuelta y los invitados deben ser puntuales.

Me saluda con dos sencillos besos en las mejillas pero me abraza fuerte y el contacto me deja sin respiración.

Se pasa un buen rato colocando pantalla y proyector. Mientras, Marta y yo no paramos quietas.

Mi hermana es una gran organizadora de eventos. No sé cómo no se dedica a esto. Da órdenes a diestro y siniestro y ella se mueve como una peonza de aquí para allá solucionando temas. Evento que dejes en manos de Marta, éxito asegurado.

La casa queda impecable y a falta de veinte minutos corremos la dos a prepararnos dejando a Edu los últimos retoques.

Todo sale según lo esperado. Papá se sorprende muchísimo y se le ve feliz. Los invitados se divierten, la comida parece encantar a todos y la música es un acierto. Edu no me ha dirigido la palabra en toda la fiesta. Me mira y me sonríe a distancia, cada vez que nos cruzamos la mirada siento que me ahogo.

A última hora ponemos un montón de sillas delante de la pantalla. Y la gente empieza a sentarse.

Mientras Edu pone en marcha el DVD yo Me apoyo contra la pared del fondo, lejos de la gente pero veo bien la pantalla. Es flipante el trabajo que ha hecho Edu, ha metido comentarios en cada imagen y suenan diferentes canciones que estuvieron de moda en cada época a la que pertenecen las fotos. Me llega al alma.

Ha utilizado muchas fotos que no tuvimos tiempo de ver juntos pero ha sabido colocarlas como si hubiera vivido esos momentos.

Pasado el noviazgo y las increíbles fotos de la boda llega el turno de Marta, la primera hija siempre tiene más fotos. Nos reímos comentándolo aquella noche. Cuando yo nací Marta tenía dos años y aparece junto a mí en todas las fotos, nos costó dar con apenas un par de ellas donde saliera yo sola de pequeña.

Ahora vamos creciendo y ha hecho un gracioso montaje sobre Marta, muy divertido y muy de ella. ¡Es un artista!

Edu se coloca a mi lado y me agarra la cintura.

-Es fantástico Edu. Muchas gracias- digo sin apartar la vista del video.

Cuando acaban las fotos de Marta y llega mi turno me quedo sin respiración, montones de fotos mías que nunca había visto. En situaciones que apenas recuerdo.

Estas fotos estás hechas por el, se nota, nadie sabe captar tanto sentimiento en una imagen como Edu. Es increíble ¿Cómo es que nunca las había visto?

De pronto su mano se pega más a mí y noto como se mete por la cinturilla de detrás de mi falda con mucha suavidad y cuidado de no ser visto. Pasa con dificultad al interior de mis bragas y yo me apoyo más fuerte contra la pared para dificultarle el movimiento. Pero no se rinde y acariciando mis glúteos se hace paso hasta llegar a su objetivo. Estoy ya húmeda. Noto como introduce dos dedos y me estremezco.

-Estate quieta -me ordena.

Abriendo ligeramente las piernas dejo que sus dedos cojan el ritmo que necesito.

La gente empieza a aplaudir el final del video justo en el momento que me dejo ir. Saca su mano lentamente y antes de que todos empiecen a moverse me acaricia la mejilla con su mano mojada y alejándose me dice:

- Pararemos cuando tú quieras.

Durante unos segundos mi cuerpo no reacciona. Quiero salir de esta mierda de juego extraño y enfermizo que nos traemos y lo consigo. Corro hacia él que ya ha salido de casa y está a punto de subirse al coche.

Le agarro del brazo y cuando se gira hacia mí doy el primer bofetón de mi vida. Sonoro y fuerte. Sé que le he hecho daño. Quiero hacérselo.

-¡Ya! ¿Me oyes? -grito desesperada -¡¡Pararemos ya!! ¡No quiero volver a verte en toda mi vida! ¡No te necesito!- Me doy la vuelta para marcharme pero apenas he dado dos pasos cuando le oigo susurrar.

-Yo te necesito.

Me cuesta respirar y me cuesta caminar pero no me rindo y sigo con grandes esfuerzos hacia casa.

-Lola por favor -su voz me estremece y vuelvo a pararme. No quiero mirarle pero mi cabeza se gira ligeramente, lo justo para ver sus ojos desesperados y no puedo contenerme. Corro hacia él y le abrazo, le abrazo como nunca he abrazado a nadie en mi vida. Un abrazo posesivo, un abrazo que quiere durar para siempre. Y noto el suyo cargado de sentimiento. No hablamos porque no hace falta y ninguno quiere soltarse hasta que la puerta principal se abre y empiezan a salir los invitados. Nos separamos al instante y Edu sube al coche sin apartar su vista de mí.

14 ELSA

Edu ha estado en París varios de días. He recibido continuos whatsapp recordándome que existe pero poco más. Parece que el susto nos ha enfriado un poco y andamos con pies de plomo.

El día de su regreso decido acercarme a su estudio con unos bocadillos, sé que tiene mucho trabajo y no podrá salir a comer. Cuando llego está bastante liado y me pide que le espere en su despacho. Me siento con la puerta abierta y desde allí le veo fotografiar a una pareja espectacular. Me impresiona la naturalidad con que se abrazan. Las posturas son bastante subidas de tono y la ropa prácticamente inexistente. Cuando acaban la pareja se despide con dos besos y el chico se marcha. Ella se acerca a Edu quien le pone una bata como un perfecto caballero y se quedan un rato hablando. No oigo lo que dicen pero debe ser divertido porque no paran de reír. La chica apunta algo sobre la mano de Edu con un rotulador ¿En serio? ¿Le está dando su teléfono de esa manera? Él parece divertido con la situación y le dice algo que a ella le hace sonrojarse. Luego le atrae hacia él y le planta un morreo que me deja de piedra.

-Ya estoy aquí -dice besándome la mejilla y sentándose a mi lado.

-¿Vas a llamarla? -voy directa al grano.

-¿A quién? -parece descolocado.

-A la seguro que poco lista pero espectacular mujer que te ha escrito su número en la mano.

-Jajaja -le divierto -te equivocas con Elsa. Es una chica genial. Y no es su teléfono lo que me ha escrito, es su dirección.

- ¿Desde cuándo la conoces?

- Un par de días. He trabajado con ella en París.

- Pues no es mucho.

- Lo sé, pero pretendo conocerla mucho más- se le ve feliz

- ¿Quieres tirarte a esa chica?- no sé ni lo que digo

- Pero ¿Por quién me has tomado Lola? -se parte de risa -pues claro que quiero.

De pronto parece notar que yo no me rio sino todo lo contrario y suspira.

-¿Qué pasa Lola?

No sé qué decir. Mi cabeza va a mil por hora. No esperaba un reencuentro así. Todo está saliendo mal.

-Nada. A mí como si te tiras a tu madre.

-Joder Lola que bestia y antipática eres.

-Yo no soy antipática.

-Entonces dime por qué te pones así, me confundes.

-No me he puesto de ninguna manera.

-¡Lola coño mírame! –grita -¡Dímelo de una vez!

Me levanto y decido marcharme.

-No sé qué quieres que te diga pero tengo que marcharme. Tengo que escribir la carta.

-No te marches enfadada.

-No lo estoy.

-¿A qué viene la carta ahora?

-No te entiendo.

-¿Por qué estamos hablando de mí y sacas la carta?

- Porque tú eres parte de él.

-¡Joder!

- Joder ¿qué? -me desespero.

-Por eso mismo tengo que llamar a esta chica Lola. Tengo que ser de vez en cuando yo o me volveré loco.

Llego a la tienda y procuro mantenerme ocupada. Por suerte hoy hay mucho movimiento. No miro el móvil hasta que hemos cerrado y me mata ver que no he recibido nada.

Esta noche no logro conciliar el sueño. A la una no aguanto más y envío un whatsapp a Edu

"¿Podemos hablar?"

La respuesta llega media hora después:

"Estoy camino de casa, ven si quieres"

Estoy en pijama, metida en la cama pero siento un alivio tan grande que no dudo en contestar:

"En 20 minutos estoy allí"

Toco el timbre nerviosa y Edu me abre al instante.

-Perdóname -digo nada más verle.

Me abraza con ganas. Con cariño, no quiero perderle.

-Me estaba volviendo loca.

- Lola tenemos que hablar.

Nos sentamos en el sofá y me agarra la mano.

-No puedo perderte -le digo apretándole fuerte.

-No vas a perderme.

-¿Dónde estabas?

-He salido con Elsa.

Le suelto la mano incomoda.

-Devuélveme la mano -me ordena con cariño.

-¿Te has acostado con ella?

-No Lola no me he acostado con ella.

Le devuelvo la mano que acaricia con media sonrisa

-Pero quiero hacerlo.

-¿Por qué?

-Porque me gusta.

-¿Te gusta más que yo? -mierda tengo que controlar esta manía de pensar en voz alta.

-Eso no importa.

-¿Qué significa eso?

-Ya lo sabes.

-No, Edu no lo sé joder estoy hecha un lio.

-¿Has escrito la carta?

-¿Qué carta? Ah la carta no, la verdad es que no he encontrado el momento. He estado con mucho lio en la tienda…

-No vas a escribirla nunca.

-No.

-Que quieres Lola por favor tienes que decírmelo.

-No sé lo que quiero.

-No llores.

-Es que no puedo evitarlo Edu. Lo que quiero es volver a atrás y no perderos a ninguno de los dos.

-No vas a perderme Lola, ya te lo he dicho mil veces.

-Pero quieres tirarte a esa chica.

-¿Y tú? ¿Cuándo venga Dani no volverá a tocarte?

Me revuelvo incomoda y vuelvo a soltarme de él.

-¿Y si no vuelve Edu? Está tardando mucho.

-Volverá, lo sé y tú también lo sabes.

Esto es muy violento. Pasamos unos minutos en silencio sin mirarnos a los ojos.

-¿Es simpática?

-¿Elsa?

-Sí.

-Muy simpática. Te caerá bien.

-No pienso conocerla.

-Sí vas a conocerla. No quieres perderme y tampoco yo a ti. Si va a formar parte de mi vida como me ha parecido esta noche, formará parte de la tuya también así que mañana cenamos los tres.

-¿Parte de tu vida? ¿Pero qué dices? Por Dios Edu que la acabas de conocer. Pues anda que no corres tú.

-La gente como nosotros Lola, no sabe dar pasitos. Esta chica tiene algo. Quiero que tú misma lo veas.

-No, si algo está claro que tiene- sonrío sin muchas ganas- un buen par de melones desde luego tiene.

Una carcajada de Edu me contagia.

-¿Te quedas a dormir?

Dudo un instante pero dada la hora acepto. Mando un whatsapp a Marta y a mi madre:

"duermo en mi apartamento, no os asustéis"

Y recostados en el sofá nos dormimos viendo una película.

15 NO VOY A HUIR

El sábado paso horas eligiendo modelito. No me hace ninguna gracia tener que estar al lado de una modelo espectacular y sentirme fea. Con la ayuda de Marta el resultado es mejor de lo esperado. Demasiado corta, demasiado escotada, sí lo sé, demasiado de todo pero me siento guapa.

Cuando Edu me recoge ya está Elsa en el coche. Me mira de arriba abajo varias veces incrédulo.

-Joder Lola, estás espectacular.

-Qué exagerado -sonrío satisfecha y me subo al coche -Encantada Elsa.

La cena resulta de lo más amena. Para mi sorpresa Elsa tiene muchos temas de conversación. Es culta, entretenida y muy graciosa. No parece incomodarle mi presencia y parece intuir que tiene que ganarse mi aprobación.

La chica me cae bien pero las manitas de los dos sobre la mesa me tocan bastante las narices.

De pronto Elsa mira el reloj y dice que se le está

haciendo tarde. Le pide a Edu que le lleve a casa y nos invita a tomar una copa allí. Mañana coge un avión muy temprano y necesita estar despejada.

Una parte de mi sabe que sobro. Que debería poner alguna excusa y dejar que se tomen solos esa copa pero otra algo más guerrera está dispuesta a no dejarles ni un segundo solos. Y esta última gana.

Tomamos la copa en su bonito salón. Los tortolitos en el sofá y yo en una butaca frente a ellos ejerciendo de carabina. Las caricias de Edu en su brazo y la cabeza de ella en su hombro pueden conmigo.

-Bueno Edu. Elsa nos ha dicho que necesita descansar ¿verdad? ¿Nos vamos?

Ella se pone en pie sonriente, no parece molesta. Y todos nos dirigimos a la puerta.

-Ha sido genial —dice -me encantará repetir cuando vuelva a Madrid Lola.

-Claro, cuando quieras -contesto sin demasiadas ganas.

-Edu cariño. Te llamo mañana -le da un largo beso en los labios y me mira de reojo ¿Será su manera de decirme algo?

Una vez en el ascensor Edu parece incómodo. ¿Estará molesto porque he arruinado un polvo con mi presencia?

-Tú me invitaste -le digo dando al botón del

ascensor y bloqueándolo.

-¿Y?

-Estás cabreado porque te has quedado con ganas de un buen polvo.

-No estoy cabreado. Me da mal rollo el ascensor parado Lola ¿puedes darle al botón?

-A mí me da morbo -le digo mientras mi mano roza sus labios intentado borrar el beso de Elsa.

-¿Qué haces Lola?

-Si quieres puedo quitarte el calentón.

Dicho y hecho. En pocos segundos estoy de espaldas a él con la falda levantada y las bragas a la altura de las rodillas. Edu tiene los pantalones bajados y me está follando deprisa, parece que el ascensor le asusta un poco. Ambos podemos vernos en el espejo. Nuestros ojos se encuentran en el reflejo.

-Me vuelves loco -me dice sin perder el ritmo y con la mano me tapa los ojos, me embiste con fuerza, salvaje y juntos llegamos en pocos minutos a un intenso orgasmo.

Cuando llegamos a casa de mis padres para el coche y nos quedamos en silencio. No nos miramos. Parece que los dos estamos algo nerviosos.

-¿Por qué no vienes a casa?

-¿Ahora?

-Quiero dormir contigo.

No contesto pero no salgo del coche y parece entender que acepto.

Subimos a su piso todavía en silencio. Me dirijo al sofá pero me detiene.

-Vamos a la cama Lola.

Me saca una camiseta del armario y sin ningún pudor me cambio delante suyo. Él se mete en la cama en calzoncillos y yo me acurruco a su lado dejándome abrazar. Sin mediar palabra nos quedamos dormidos.

El domingo muy temprano amanezco entre sus brazos. Me giro y lo encuentro con los ojos abiertos. Nuestras miradas se clavan mutuamente y escuchamos como se aceleran nuestras respiraciones. Es perfecto. Tan perfecto que aterra.

-¿Pensabas en ella en el ascensor? -no me resisto.

-¿Pensabas en él? -responde.

-Yo he preguntado primero.

-No necesito pensar en ella estando tú Lola.

Me estremezco y sé que lo nota cogida como me tiene.

-Te tapé lo ojos —añade -sé que pensabas en él.

No respondo. Sí, pensaba en Dani. Pensar en Dani siempre fue la idea. Pero me costó, cada vez es más difícil meterme en el juego... Las cosas han ido cambiando. Le miro a los ojos y le beso. Un beso sincero, pausado y apasionado. Extraño beso cargado de mensajes que soy incapaz de pronunciar en voz alta.

-Quiero hacerte el amor Lola.

- Edu yo...

-Te quiero, siempre te he querido. Ha sido un puto infierno contenerme tantos años. Me muero por ti. No puedo más Lola, no puedo, yo...

Vuelvo a besarle y le hago callar. ¿Me quiere? ¿Me ha querido siempre? Estoy aterrada y parte de mi sabe todas las respuestas. Necesito sentirle, quiero sentirle a él, a Edu.

-Házmelo -susurro con los ojos bien abiertos y clavados en los suyos.

-¿Yo, Lola? ¿Quieres qué sea yo?

-Sí, quiero sentirte a ti. No voy a cerrar los ojos. Y no lo hago. Siento cada caricia sin apartar la vista, nuestro deseo es mutuo. Nuestros cuerpos encajan a la perfección. Todo es dulce, todo es nuevo. No hay una pelea que borrar, no hay furia, no hay rabia. No hay una fantasía disfrazando lo que hacemos. Todo es perfecto. Sentirle dentro es maravilloso. Quiero decirle lo que siento pero creo que lo sabe. Sus suaves embestidas parecen romper cada barrera existente y el orgasmo me hace ver una nueva luz cargada de esperanza.

Cuando siento como su respiración se calma, todavía abrazado a mí, en un arranque de sinceridad confieso en voz alta:

- Me estoy enamorando de ti.

Entro en casa y milagrosamente logro no cruzarme con nadie. Me doy una ducha larga y me arreglo. Olvidé de nuevo avisar pero creo que esta vez he tenido suerte y no se han enterado.

He invitado a Edu a comer, sé que a mis padres les parecerá bien, están muy agradecidos por el apoyo que me está dando. Si ellos supieran...

Me siento extraña, asustada y creo que feliz. Veo mi reflejo en el espejo y una sonrisa tonta me sorprende.

Estoy dispuesta a enfrentarme a algo nuevo, sé que necesito pensar y lo haré. Pensaré con calma, hablaremos de ello, no voy a huir.

Bajo la escalera perdida en mis pensamientos y oigo el timbre sonar. Abro la puerta algo distraída y el mundo se congela.

Dani está aquí.

16 DANI

No sé el tiempo que pasamos mirándonos. No sé sí son segundos o incluso varios minutos. Estoy petrificada.

-¿Quién es? -mi madre rompe el silencio acercándose a la puerta. Al verle se sorprende y empieza a hablar sin parar como siempre que no sabe reaccionar. A alguien tenía que salir yo...

-Da- da- Dani pasa por favor. No sabía que... no me han dicho que... Igual queréis estar a solas. O igual no, bueno yo... es que yo...

-Gracias -le interrumpe Dani algo impaciente- Sólo será un momento ¿Dónde podemos hablar a solas?

-¿Quién ha venido? -ahora es mi padre quién se une a nosotros.

-Buenos días Carlos -le saluda Dani tendiéndole la mano.

-Los chicos quieren hablar a solas. Vamos a arriba un momento. Anda pasar al salón. Marta se ha ido temprano que tenía algo en Salamanca ¿O era en Ávila? No estoy segura pero... - mi padre le hace callar y tira de su brazo escaleras arriba.

-Hola -logro decir una vez nos quedamos a solas.

-Sólo será un momento.

-Eso ya lo has dicho. Increíble que sólo dispongas de un momento para hablar de millones de cosas que tenemos pendientes- Estoy rabiosa, nerviosa y temblando ¡Está aquí! Su mirada es fría y su actitud chulesca. Pero está aquí, junto a mí.

-Tenemos una casa y nada más de lo que hablar.

-Tenemos un mal entendido que aclarar -no voy a rendirme tan fácilmente.

-Lola no he venido a...

-Cállate- le interrumpo -déjame hablar.

-Tú a mí no me mandas callar.

-Edu vino a casa preocupado por nosotros y yo me estaba duchando -no encuentro otra manera que intentar contarlo todo deprisa.

-No quiero oírlo.

-Al oír que habrías la puerta me lancé y dejé caer la toalla para que pensaras algo malo.

-¿Qué dices?

-Que yo lo sabía Dani.

-Pero qué coño dices, no entiendo nada.

-Por eso tienes que escucharme.

-No he venido a escucharte, he venido a hablar

de nuestra casa.

-Y hablaremos pero por favor Dani, escúchame, no ocurrió nada.

Se levanta del sillón y empieza dar vueltas por el salón sin decir ni una palabra.

-¿Qué es lo que sabías? -dice al fin.

-Que te estabas tirando a alguien.

No se pronuncia y continúo.

-Llamé a Edu que intentó protegerte.

Se detiene y me mira confuso. Aprovecho su confusión y termino la historia recordándole el puñetazo que injustamente le dio a Edu.

-¡Joder, joder, joder! ¿Te has vuelto loca? ¿Cómo pudiste hacernos esto?

-¿Cómo pudiste dejar de quererme? –respondo.

-Yo no, yo no dejé de quererte.

-Te tiraste a otra mujer Dani.

-¿Pero cómo lo sabías?

-Me di cuenta, no sé. Lo supe tarde y te perdí.

-Mierda Lola todo esto es demasiado ¿Cómo pudiste hacer eso?

-Que no Dani, no te equivoques. Que lo grave de esta situación no fue lo que yo hice. Que aquí lo que importa es que tú sí me engañaste.

-Tengo que marcharme.

-Cobarde.

-¿Qué?

-Que eres un puto cobarde.

-Lola llevó meses odiándote a ti y a Edu y ahora me sueltas esto. Necesito pensar.

-¿Pensaste en mi cuando te fuiste con ella?

-Metí la pata ¿vale? su tono es tan alto que mi padre se asoma al salón.

-Perdonarme -nos dice -¿todo bien por aquí? Lo siento pero no puedo permitir que grites así a mi hija Dani.

-Yo... yo lo siento -se deja caer en el sofá y por segunda vez en mi vida le veo llorar.

Mi padre sale del salón sigilosamente y yo me siento a su lado.

-Dani no llores por favor.

-¿Me odias?- pregunta.

-No lo sé.

-Lo siento –dice mirándome.

-Dejaste de quererme -pienso en voz alta.

-No.

-Si, Dani. No me habrías hecho esto.

-Las cosas no son tan sencillas Lola, estábamos pasando un bache.

-¿Un bache? ¿De qué demonios estás hablando?

-Joder Lola, desde que pasó lo del bebé estabas muy rara.

-¿Rara? ¿Cómo puedes decirme eso? Lo superamos juntos ¡Tú me ayudaste!

-Lo sé, lo sé pero estabas obsesionada con tener un bebé y el sexo era, era... diferente

-¿Al que tenías con ella?

-Ella hablaba de otras cosas.

-Cállate, no sigas.

-Lola te estoy diciendo que de verdad estabas obsesionada. Solo hablabas de bebés, todos los días tomándote la temperatura, metida en foros durante horas buscando información, no estabas bien joder.

Y miles de pedazos de un puzle roto en mi interior empiezan a encajar. Pero cada pieza encajando me rompe otros pedazos y me siento a morir.

-Lola no llores tú ahora -intenta abrazarme pero me aparto.

-No me toques.

-Metí la pata. Pero te quiero. Déjame abrazarte por favor.

-No puedo, no puedo. Todavía no

-¿Ese todavía deja una puerta abierta?

No contesto y el timbre de la puerta pone fin a nuestra conversación. Estoy a punto de abrir con Dani pisándome los talones cuando veo a mis padres asomados a la escalera.

-Podéis bajar -les digo -hemos terminado de hablar.

Mientras, Dani abre la puerta y Edu tras ella, se

queda de piedra.

-Tío lo siento -no hay saludos, ni abrazos, ni insultos, ni peleas, va directo al grano -Lola me lo acaba de explicar todo. De verdad que no sé cómo pude creer algo así. Siento mucho haberte pegado.

-¿Le pegaste? -mi inoportuna madre habla sin querer- Lo siento, disculpad, Carlos vámonos a dar una vuelta y dejemos a los chicos a solas.

Mi padre me mira y mira a Dani, luego mira a Edu y opta por dirigirse a él.

-Haz el favor de mantener el orden aquí. No permitas que vuelva a gritar a mi hija.

Edu me mira al instante, ve mis ojos enrojecidos y se acerca protector a mí dando la espalda a Dani.

-¿Estás bien Lola? -pone sus manos en mis hombros y siento que un escalofrío recorre todo mi cuerpo pero me aparto algo incómoda y no le sostengo la mirada. Veo salir a mis padres y me voy al salón. Tengo que sentarme o terminaré por desmayarme. Los dos me siguen en silencio.

Dani está molesto por lo de mi padre.

-No quería gritarte Lola, perdóname. Todo esto es, es... es horrible.

-¿Por qué le has gritado? -Edu está irreconocible. Mira con una furia a Dani que me asusta.

-No te metas Edu -le responde Dani empezando a irritarse.

-Demasiado tarde tío, estoy metido de lleno.

-¿A qué te refieres? -Dani está perdiendo la paciencia. Esto se pone peligroso.

-Edu se refiere a que ha estado metido en esto sin querer por mi culpa. Y además ha sido un gran apoyo para mí así que haz el favor de no pagarla con él ¿vale? -estoy haciendo grandes esfuerzos para no mirar a los ojos a Edu. Sé a lo que se refería y sé que no es a esto pero tengo que pararlo.

-Lo siento -repite Dani. Parece que es su frase del día. No sospecha nada pero tengo miedo y no sé qué me da más miedo ahora mismo, si que salga la verdad o enterrarla.

-Edu, no hagas caso a mi padre. Hemos discutido un poco y levantado el tono, eso el todo. Ahora me gustaría quedarme sola.

-Pero Lola, tenemos que hablar.

-Ahora no puedo Dani..

-Está bien. Te llamo en unas horas ¿vale?

Asiento y les acompaño a la puerta. No he mirado a Edu a los ojos pero noto como me están perforando y vuelvo a sentir escalofríos. Me despido sin levantar la cabeza del suelo y me quedo pegada a la puerta incapaz de caminar.

Oigo sus voces al otro lado. Algunas frases no logró entenderlas. Dani ríe, suena incluso feliz. A Edu apenas le oigo más allá de algún monosílabo.

Pero cuando Dani dice: "Voy a recuperarla". Oigo claramente cómo Edu le contesta: "Lo sé".

He logrado llegar a mi habitación. Puedo oír los latidos de mi corazón. Me escuece la cara de tantas lágrimas y respirar empieza a ser un problema.

Un whatsapp suena en mi móvil dándome un susto tremendo. Antes de mirar sé que es de Edu.

"¿Ahora qué?"

Eso me gustaría a mí saber ¿ahora qué? Tanto tiempo deseando que vuelva y ahora... justo ahora. Sigo queriéndole, no podría dejar de hacerlo. En cuanto le he visto yo... Es Dani, mi Dani. Sé que está diferente, ambos lo estamos pero queda algo, lo sé, lo siento.

Llámame antigua pero yo me casé enamorada. Me casé para toda la vida. En lo bueno y en lo malo. Era muy joven pero no era tonta y sabía que tendría que pasar por momentos duros aunque no conté con esto, claro que no. Pensé que lo lograríamos. Qué nunca nos rendiríamos ¿Está todo perdido?

Lo que nunca se me pasó por la cabeza fue algo como lo que ha ocurrido con Edu ¿Es posible querer a dos personas al mismo tiempo? No puedo perder a ninguno de los dos. No puedo meter a Dani en mi vida de nuevo y pretender que Edu lo acepte y siga siendo mi amigo. Y no quiero que sea mi amigo, ya no. Edu es mi... mi... no sé qué es Edu. Sólo sé que siento algo muy fuerte. Cuando me mira, cuando oigo su voz, cuando siento que me toca.... Cierro los ojos y puedo olerle, sentir sus abrazos y disfrutar sus besos. ¿Cómo voy a perderle? Es parte de mí.

Pero Dani ha vuelto. Edu lo dijo y tenía razón. Está aquí y quiere recuperarme. Y era tan bonito lo que tuvimos... ¡Fui tan feliz! Metió la pata pero puede que el tema del bebé sea algo cierto. Era una necesidad, quería ese bebé que no llegó. Y puede que quemara parte de nuestra historia. No quiero excusarle. Sólo imaginarme a Dani con otra mujer me produce náuseas. Pero si no lucho por él lo perderé otra vez. No tengo fuerzas para entrar en una lucha pero ¿tengo derecho a rendirme? ¿Y si luchara él? ¿Y si de verdad quiere recuperarme y consigue que todo vuelva a ser como antes? No sé qué es lo que quiero. No sé qué es lo correcto. ¿Acaso hay algo correcto en toda esta historia?

Intento contestar a Edu algo con sentido pero no puedo. Escribo, borro, vuelvo a escribir y vuelvo a borrar. Y finalmente no contesto.

Horas después recibo la llamada de Dani y quedamos en cenar en mi restaurante favorito.

Llego sin apetito y aunque he intentado estar presentable nada ha podido arreglar del todo mi cara de angustia.

-Estás preciosa -miente Dani.

La cena resulta bastante incómoda. En varias ocasiones me agarra la mano y yo se la quito. No estoy preparada para tanta cercanía.

Salimos sin tomar el postre y caminamos a una heladería. Compartimos un helado pero apenas lo pruebo. Dani me compra una rosa que vende un chico por la calle y seguimos nuestro paseo hablando de todo y de nada. Miro absorta mi rosa al pasear. Nunca me había comprado flores. Me siento una extraña paseando con un extraño. Hay momentos de silencio continuamente que Dani se esfuerza por llenar. En la puerta de casa me despide con un beso que va dirigido a mis labios pero que yo hábilmente llevo a mi mejilla.

No hemos hablado de lo que ocurrió, me parece que ninguno de los dos está preparado para ello, tendremos que hacerlo, y tendrá que ser pronto.

Son las doce y media. No tengo noticias de Edu. Me meto en la cama pensando en su whatsapp al que no he contestado ¿Cómo decir tanto en un mensaje?

Decido llamar y coge al instante.

-¿Dormías? –pregunto.

-Sabes que no.

-Edu lo siento.

-¿Que sientes?

-Todo esto.

Le oigo suspirar

-Te quiero -me suelta sin más.

-Edu...

-Te quiero -insiste.

Nos quedamos unos segundos en silencio

-Yo... yo creo que estaba empezando a sentir algo.

-¿Estabas? Hace menos de veinticuatro horas hemos hecho el amor Lola. No ha sido un polvo. Lo sé y sé que tú también lo sabes.

-Edu yo ya no sé ya nada.

-No me hagas esto Lola.

-Es mi marido.

-Se fue.

-Dijiste que volvería y ha vuelto.

-¿Y ya está? ¿Qué quieres de mí ahora?

-Me prometiste que nunca te perdería.

No contesta.

-Edu no me falles.

-Lola no puedo. Ya he pasado por esto joder. Intenté decírtelo ayer. ¿No me escuchabas? Llevo toda la vida enamorado de ti. Te dejé marchar una vez. Dejé que ganara él.

-Nunca dijiste nada.

-Sí lo hice. Te pedí que no te casaras con él. ¿Lo recuerdas? Te dije que te quería.

-Yo pensaba que era otra clase de amor. Nunca creí que tu... yo no lo sabía. Y yo le quería a él.

-¿Le querías o le quieres?

-¡Dani es tu mejor amigo!

-Contéstame.

-Que no lo sé Edu, no lo sé.

-¿Cómo no vas a saberlo?

-Porque me ha hecho daño, porque me ha fallado y porque tú... porque tú estás ahora en mi vida.

-Yo lo he estado siempre.

-No de la misma manera.

-No te entiendo Lola ¿Quieres que luche por ti? Dime qué quieres que haga o déjame desaparecer.

-Si desapareces se dará cuenta –le recuerdo.

-¿Eso es lo único que te importa?

-No, claro que no. Hoy me he despertado entre tus brazos y ahora… me aterra perderte. Y también me aterra que vuelva a marcharse. Edu ayúdame.

-¿A qué quieres que te ayude Lola? ¿Tú sabes lo que me estás pidiendo?

-Sólo quiero que me digas que estarás ahí.

Se hace un largo y doloroso silencio.

-Estaré. Buenas noches.

-Adiós Edu.

17 LO CONSEGUIREMOS

Los siguientes días mi desconocido marido Se vuelca en mí. Cada día me sorprende con diferentes flores. Me invita a restaurantes romanticones con luz tenue y suave música de fondo, me lleva a pasear por diferentes lugares sin destino alguno. Los silencios son cada vez más escasos. Y hemos conseguido incluso reír juntos en un par de ocasiones. También hemos llorado. Poco a poco me ha ido confesando como ocurrió todo. Y ha sido muy duro. Es increíble lo diferente que pueden llegar a vivir dos personas una misma historia. Está claro que nos faltó diálogo. Que no supimos manejar la situación.

Yo sabía que mi obsesión con ser madre nos estaba afectando pero nunca imaginé que de tal manera.

Dani asegura que nunca sintió nada especial por esa chica y ha llegado un punto en que prefiero no saber más. Las cosas ocurrieron y ya no las puedo borrar y han ocurrido otras que ni siquiera le puedo contar. De ser cierto lo que me dice, lo mío es mucho más grave. Yo por Edu siento... siento tanto...

Curiosamente Dani no me pregunta en ningún momento si en este tiempo he estado con alguien. No necesito mentir, solo callar y aunque en parte ahora me alivia sé que cargar toda la vida con esto será un gran castigo.

Esta noche, Camino de vuelta a casa de mis padres me agarra la mano y no le rechazo. Como cada noche, al llegar a la puerta intenta besarme y aunque sigo agarrada a su mano vuelvo a poner la mejilla. Alarga este casto beso y me abraza. Siento que su olor me invade de buenos recuerdos. Cuando me suelta quisiera haber alargado el momento.

-Lola me gustaría que te plantearas volver a casa.

-Dani necesito pensar.

-Piensa a mi lado. Pensemos juntos. No me perdones todavía si no quieres pero ven a casa e intentémoslo. Dame una oportunidad. Contigo aquí en casa de tus padres no verás sí funciona. Disfruto estos pequeños ratos contigo pero necesitamos algo más.

-¿Y tu trabajo?

-Viajaré, trabajaré a distancia. Lo que haga falta pero tenemos que intentarlo Lola. Llevamos toda la vida juntos. Hemos luchado y yo la he cagado. La he cagado de verdad pero si me quieres, si todavía queda algo, te lo suplico, luchemos juntos.

-Déjame pensarlo Dani. Estoy muy confundida.

-¿Me odias?

-No, no te odio -soy sincera.

Como cada noche desde que Dani volvió llamo a Edu. No importa la hora que sea siempre le llamo. No me pregunta por Dani. Sólo me cuenta su día y yo el mío saltándome las flores, los restaurantes y los paseos. No quedamos en esto pero así surgió y aunque imagino que sufre al igual que yo, espero, deseo con toda mi alma que entienda que no puedo hacer otra cosa.

Me está hablando de un viaje que tiene mañana y no he prestado atención. "Toda la vida juntos" "luchemos juntos" no paro de escucharlo en mi cabeza y las palabras de Edu suenan lejanas.

-¿Me estas escuchando Lola? -se da cuenta.

-Voy a volver a mi casa.

Se hace un incomodo silencio.

-¿Quieres mi bendición?

-Quiero tu amistad.

-Pues ya la tienes. Mucha suerte -y sin decir adiós cuelga.

Algo aturdida, sin pensar en nada concreto paso gran parte de la noche recogiendo mis cosas.

A primera hora de la mañana estoy ante la puerta de

mi apartamento. No quiero entrar, prefiero llamar al timbre. Y con la mano temblorosa lo hago y dando un enorme suspiro espero.

Dani tarda un poco en abrir. Me abre en calzoncillos medio dormido con el pelo revuelto de toda la noche. No siento escalofríos, ni mariposas en el estómago, no siento deseo alguno, solo miedo, tengo miedo.

Sorprendido pestañea un par de veces, mira mi equipaje y me mira a mí. Me atrae hacia él y me abraza con fuerza.

-Lo conseguiremos Lola.

18 CUMPLEAÑOS

Dani se está esforzando y yo también pongo de mi parte. De verdad que lo hago. Pero me cuesta. Me cuesta más de lo que esperaba. Han pasado un par de semanas desde mi vuelta. Edu se marchó de viaje a Nueva York y no ha dado señales. En parte es mejor así, necesito centrarme.

Me instalé en el cuarto de invitados aun sabiendo que cabrearía a Dani. Quiero colaborar pero me aterra que intente tocarme. Todavía no nos hemos besado y aunque sé que esto le supera no se rinde y por ello sigo aquí.

Hoy cumplo veintinueve años. Bonita fecha, el fin de los veinte. No tengo ganas de celebrar nada pero prefiero salir a cenar que quedarme en casa a solas con él.

Hemos quedado en un restaurante. Me da pereza pasar por casa a cambiarme pero me recuerdo que tengo que esforzarme y voy. Me arreglo para él, me maquillo por él. Y satisfecha con el resultado me dirijo al restaurante sin demasiada ilusión.

-¡Sorpresa! -Dani me recibe mostrándome feliz una bonita mesa para cuatro personas donde encuentro a Edu y a Elsa.

Me quedo inmóvil unos segundos hasta que logró reaccionar.

-Gra-gracias —tartamudeo -¿No estabas en Nueva York? -pregunto a Edu sin prestar atención a Elsa.

-Volvimos ayer -contesta ella.

¿Volvimos? ¿Ha dicho volvimos? ¿Qué significa ese "volvimos"?

Me siento con grandes esfuerzos por disimular mi incomodidad y la cena se me hace durísima. Casi no abro la boca.

-Bueno pues ahora los regalos -Dani está encantado, convencido de estar haciéndolo genial.

-¿Me has comprado algo?

-¡Pues claro!

-Dani tú nunca me compras nada.

-Bueno, alguna que otra cosa te habré comprado.

-No.

-Bueno por favor -creo que su paciencia peligra- déjalo ya y ábrelo Lola.

Me entrega una bolsa que pesa un poco y al abrirla me encuentro con un gran marco para varias fotos. En la mayoría aparecemos los dos, jóvenes, sonrientes y enamorados. Edu aparece con nosotros en un par de ellas y yo no puedo seguir mirándolo.

-Gracias Dani, es precioso -y lo meto en la bolsa lo más rápidamente que puedo aguantando una falsa sonrisa y con los ojos cargados de lágrimas.

-Ahora tú Edu. Me has dicho que tenías algo ¿no?

-Perdóname, Lola -dice Elsa -no sabía que era tu cumpleaños pero como Edu te ha traído algo me uno al regalo. Espero que haya elegido bien.

Edu me entrega un paquete y sus dedos rozan los míos haciéndome estremecer. No le miro. Agradezco el detalle y rasgo lentamente el papel regalo. Una caja de cartón verde sin ningún anagrama. Levanto la tapa y sacó un conocido foulard de seda rojo. Mi corazón late a mil por hora. Me cuesta respirar y me tiembla la mano que sujeta el foulard. Nadie parece darse cuenta.

-¿Qué es eso? -pregunta Dani.

-Un pañuelo para el cuello -le explica Elsa -Qué bonito Edu, bien elegido.

Logro levantar la vista para encontrarme con unos peligrosos ojos de Edu que me traspasan.

-¿Te gusta? -me reta.

Gracias a dios el móvil de Dani salva el momento.

-Perdonarme pero tengo que salir un momento

fuera, es una llamada del despacho que llevo horas esperando.

-Yo voy un segundo al baño -dice Elsa y rápidamente me uno a ella aterrada por quedarme a solas con Edu.

-¿Qué tal con Edu? -no puedo evitar preguntarle cuando nos estamos lavando las manos.

-Es genial Lola, que voy a contarte, tú le conoces desde hace años. Estoy feliz, es el hombre perfecto. Guapo, listo, trabajador y una fiera en la cama -se ríe.

Siento como un puñal me desgarra por dentro.

-¿Vamos? -abre la puerta de baño para salir.

-Vete tú, voy a maquillarme un poco -necesito un momento. Necesito estar sola. No puedo quitarme el foulard de la cabeza, el marco lleno de fotos, las palabras de Elsa sobre Edu. Imbécil, eso es lo que soy una imbécil. Tengo que salir de aquí. Respiro profundamente intentándome calmar y abro la puerta. En el descansillo encuentro a Edu entrando en el baño de los hombres y siguiendo un impulso entro tras él. Nos encerramos con llave y en un arranque de locura empezamos a devorarnos el uno al otro. Me golpeo contra la puerta y recupero al momento la cordura.

-¡Suéltame joder! ¿Qué haces?

-Hacemos Lola, hacemos. Tú has entrado aquí ¿recuerdas?

-No he venido a esto. He entrado para preguntarte a qué coño estás jugando regalándome el foulard y trayendo a esta chica a mi cumpleaños.

-Esta chica es mi novia y Dani nos invitó.

Trago saliva. Mierda estoy bloqueada

-¿Y el foulard?

-He pensado que igual querrías usarlo con tu marido.

-Eres un imbécil .

-No me insultes Lola.

-Lo eres.

Me mira unos segundos callado.

-Está bien, lo siento. Fue un impulso estúpido. No soporto verlo cada día en mi estudio.

-Yo tampoco quiero verlo.

-¿Tan horrible fue?

-Edu por favor.

-¿Por qué no soportas verlo? –insiste.

-¿Por qué no me dejas en paz y vas a follar con Elsa? Veo qué te hace falta un buen polvo.

-Pues mira hace como un par de horas que echamos el último, igual tienes razón pero descuida que en cuánto salgamos de aquí te aseguro que otro cae.

Se dispone a salir cuando le agarró del brazo.

-¿Te estás acostando con ella?

-Claro que me estoy acostando con ella ¿Qué

pregunta es esa? Cómo si tú no hubieras vuelto a tirarte a tu marido joder ¿Quieres dejar de controlarme?

-Ni le he besado.

-¿A quién?

-A Dani. No hemos tenido ningún tipo de contacto, ni un beso.

-¿Qué? ¿Por qué?

Pero contestar sería demasiado complicado. Y fuera deben estar preocupándose así que opto por callar y salir lo antes posible de allí.

Cuando llego a la mesa Dani y Elsa hablan animadamente con unas copas.

-Perdonarme, me he encontrado a una clienta en el baño -me disculpo y parece que ha colado.

Cuando Edu vuelve a la mesa le susurró a Dani que no me encuentro bien. Paga deprisa y mientras yo procuro centrar mi conversación con Elsa y no mirar a Edu.

La despedida es complicada. Intento escabullirme sin dar un beso a Edu pero no lo consigo. Mientras Dani se despide de Elsa, él me atrae hacia si y me besa disimuladamente en el cuello mientras me susurra que tenemos que hablar. No me aparto, pero no respondo.

Como cada noche al llegar a casa Dani intenta

convencerme de que cambie de dormitorio. Hoy no discute demasiado cuando insisto en que algo me ha sentado mal. Dejo la puerta entreabierta y le oigo ver la televisión. Me tranquiliza saber que sigue allí.

19 NO ES POR TI

Un par de días más tarde Edu viene a la tienda a medio día.

-Perdona que me presente sin avisar pero no coges el móvil.

Intento disimular mi incomodidad.

- He pasado una mañana muy liada, han tenido que salir todos y ha sido un lio.

-Dani está en Londres ¿verdad?

-Sí -digo sin mirarle a los ojos -llegará esta noche.

-¿Podrías comer conmigo?

-No creo que sea lo mejor.

-Tenemos qué hablar.

-¿De qué?

-De nosotros.

-No hay un nosotros.

Se revuelve incómodo.

-Pues de vosotros.

-Eso no te incumbe.

-Lola por favor. Yo no sabía que Dani y tu...

-¿No sabías que no follábamos y te sientes culpable por tirarte a Elsa?

-Baja la voy que nos van a oír tus padres.

-Estoy sola, acabo de decírtelo -contesto mientras pongo el cartel de cerrado y voy a la trastienda en busca de mi bolso.

Me sigue, levanto los ojos y por primera vez le aguantó la mirada. Siento unos deseos locos de lanzarme sobre él, de besarle de decirle que le echo de menos, que necesito sus besos, sus caricias sus abrazos, que necesito sentirle.

-Si no te vas... -intento decir.

-Qué.

-Si no te vas yo...

-¿Vas a negar que deseas esto tanto como yo?

No sé quién se lanza sobre quien, sólo sé que estoy devorándole la boca con un deseo animal. Que sin prácticamente esfuerzo su pantalón ya está en el suelo y su mano se introduce por mis bragas. Siento tanto placer que creo que estoy soñando. Cierro un instante los ojos y Dani aparece en mi mente. Con montones de Ramos de flores y media sonrisa traviesa.

-¡Para! -le pido.

-¿Ahora?

-Sí, tienes que marcharte.

-¿En serio?

-No puedo hacerlo.

-¡Joder Lola!

-Lo siento, por favor márchate.

-¡No me voy! No me voy hasta que me digas que no es por mí que no tienes relaciones con tú marido, que ni siquiera le has besado. Lola si eso es cierto tenemos que hablar.

-No es por ti.

-Mírame y dime que me marche.

Y haciendo un esfuerzo sobrehumano por aguantarle la mirada le digo:

-Márchate, no es por ti- mentir cada vez me resulta más sencillo.

Estoy en el aeropuerto esperando a Dani. Hemos quedado en casa pero voy a sorprenderle. Ya han empezado a salir pasajeros y estoy nerviosa. El corazón me late deprisa. Tras lo ocurrido hoy he tomado una decisión y tengo prisa. Tiene que ser ahora, ya, antes de que me arrepienta.

Y entonces sale. Mi guapo marido, trajeado, cansado pero sexi camina distraído. Corro hacia él y en el mismo instante en el que me ve me lanzo a besarle. Sorprendido tarda en reaccionar. El beso, algo torpe, no resulta muy apasionado pero es un comienzo. Me mira sonriente y me abraza.

-No voy a cagarla Lola, te lo prometo -y me

aprieta tan fuerte que me hace daño.

Esa noche me entrego completamente. No disfruto, es extraño, es incluso difícil. Me cuesta no pensar en Edu. Intento mantener los ojos abiertos para recordar quién me está tocando pero cuando los cierro solo pienso en Edu. Me aterra decir su nombre y lucho por concentrarme. Dani me penetra con fuerza, su ritmo acelera y sé que va a correrse de un momento a otro. Por primera vez en mi vida finjo un orgasmo y cuando el acaba y se desploma a mi lado lloro en silencio.

-¿Qué te ocurre Lola?

-Nada, lloro de felicidad –miento -ha sido genial.

Sonríe satisfecho y me besa. Mejorará sólo necesito tiempo. Vamos a lograrlo.

20 JUEGO PELIGROSO

El sábado Dani me pide que le acompañe a su partido de fútbol. Allí me encuentro con Elsa que ha ido a ver a Edu. Me siento con ella en las gradas y hablamos de chorradas. Reconozco que no me cae mal pero no me apetece ser su amiga y parte de mi la odia. Es bastante charlatana y lo que de verdad me apetece es ver el partido en silencio.

En el descanso Dani se acerca a nosotras. Y sin mediar palabra me planta un morreo de película. Incómoda busco rápidamente a Edu que a pocos pasos de él se ha quedado parado. Me clava la mirada y siento que me falta el aire.

Elsa salta de la grada y se acerca a él. Le da un pequeño beso y se alejan un poco.

Dani me cuenta algo pero no le escucho. Tengo ganas de llorar y siento que nunca seré feliz. Ya tengo lo que quería ¿no es así?

El partido vuelve a empezar pero Dani no puede jugar la segunda parte. Al parecer eso me estaba contando en el descanso. Tiene que resolver un asunto que le llevará poco tiempo y me pide que me quede con Dani y Elsa y luego él se unirá a nosotros.

Mierda, no me he enterado de que asunto tiene entre manos, imagino que algo del trabajo. Desde qué ha vuelto a trabajar con su padre los fines de semana son un fastidio. Siempre surge algo. A veces lo agradezco, me duele reconocerlo pero a veces me gusta que tenga que irse unas horas y no estar tanto tiempo juntos.

A mitad de la segunda parte Edu se choca con un jugador y cae de una forma extraña. Emite un grito que se oye desde la grada y yo sin poder evitarlo corro al campo asustada. Elsa está hablando por teléfono creo que no se ha dado cuenta y no pierdo el tiempo alertándola. Cuando llego hasta él ya le están ayudando sus compañeros

-¿Estás bien? -pregunto agarrándole la mano.

-Sí, sí, estoy bien, es que me hago mayor -ríe y sin soltarme la mano noto como la aprieta con fuerza. Intento soltarme pero no me deja. Me mira a los ojos y le aguantó la mirada. Dios me muero por besarle. En ese momento llega Elsa que sin dudarlo lo hace. Le besa y se disculpa.

-No me he dado cuenta de nada, perdóname. Estaba al teléfono ¿Estás bien?

Edu decide no acabar el partido y se sienta en las gradas con nosotras a ver el final.

-Voy a buscarte hielo -se ofrece Elsa dejándonos a solas.

-¿Seguro qué estás bien? —insisto preocupada.

-Sí, no creo que sea nada.

-¿Te duele?

-Me ha dolido más otra cosa- dice acariciándome la mano con disimulo y yo no la aparto.

No contesto. Se perfectamente a lo que se refiere. El beso. No me quito de la cabeza la mirada de Edu.

-Me ha gustado que te preocuparás por mi- sigue acariciándome la palma de la mano con un dedo y me gusta.

-¿Lo dudabas? -le miro a los ojos.

-Me muero por besarte.

Aparto la mirada y respondo sin pensar.

-Yo también.

-Lola mírame.

-No puedo Edu, no puedo mirarte. Y Elsa llegará en cualquier momento ¿Que pretendes?

-¿Le has perdonado ya?

-No importa. Decidí luchar y eso hago.

-¿Ya os acostáis?

-Me violenta hablar de esto contigo.

-No me digas- ríe falsamente- pues tú me

preguntas estas cosas a mí continuamente.

-Sí vale, ya ha ocurrido. Y no fue agradable y sí, pensé en ti ¿Eso querías saber?

En ese momento aparece Elsa con la bolsa de hielo y muy mimosa se la coloca y le besa. Edu no aparta su mirada de mí y yo decido marcharme. Pero no he dado ni dos pasos cuando Edu me llama:

-¿Dónde vas? Hemos quedado a tomar algo ahora con Dani en el Bar de Sancho.

-No me apetece gracias.

-Pues te llevamos a casa.

-Hemos venido en dos coches Edu -dice Elsa - ¿Le acercas tú y yo me voy cambiando? Me gustaría darme una ducha.

En pocos minutos estoy en el coche de Edu. Arranca el motor y vuelve a apagarlo.

-No puedo seguir con esto Lola.

-Elsa es buena chica -admito.

-Y Dani un tío cojonudo añade él.

-Lo sé. Es mi marido y le quiero.

-¿Le quieres de verdad?

Asiento sin pronunciar palabra, él arranca y me lleva a casa.

Me doy un baño y me siento mejor. Dani me llama e insiste en que nos encontremos en el bar. Irán varios amigos que hace tiempo que no ve y le apetece mucho. Pongo de mi parte y acepto, estoy decidida a acabar con esta confusa etapa. He tomado una decisión, Dani me quiere y yo volveré a quererle de esa manera.

Me retraso un poco indecisa con la ropa. Me cambio tres veces hasta que me siento segura y decido ir en taxi, volveré en la moto de Dani.

Cuando llego al bar está de lo más animado. Dani me besa con fuerza, parece querer demostrar al mundo que estamos bien y parte de mí se lo agradece pero por otro lado pienso que Edu lo está viendo todo y no termino de relajarme. Cuando me suelta le busco por el bar y enseguida le veo. Su mirada desafiante me asusta. Agarra a Elsa y le da un morreo de tal calibre que los de su lado aplauden muertos de risa. Cuando acaba me mira ¿A qué juega? Agarro la mano de Dani y le doy la espalda. Estoy cabreada pero no puedo ni quiero demostrarlo.

Empiezo a beber sin control y cuanto más bebo más atractivo me resulta su juego. Beso a Dani como si quisiera comérmelo a cada rato, siempre pendiente de que Edu esté mirando. Y él me lo devuelve atacando a Elsa de una forma feroz.

Tengo a Dani bastante salido, empieza a meterme mano con disimulo pero no lo suficiente para que Edu no lo vea. Y yo que ya no puedo beber una gota más sin caerme redonda le dejo hacer sin apartar la mirada de Edu quien me la sostiene enfurecido. De pronto agarra a Elsa del brazo y la arrastra al baño. Estoy tentada a hace lo mismo con Dani pero me entra un bajón horrible y empiezo a marearme. Dani me arrastra fuera y empiezo a vomitar.

- Vámonos a casa. Se te ha ido de las manos Lola.

Me tambaleo camino de la moto.

- Así no puedo llevarte. Espérame aquí un segundo- Dice sentándome en un banco-Voy a ver si alguien me echa una mano.

No sé el tiempo que paso en el banco todo me da vueltas. De pronto Dani sale acompañado de Edu y me meten en el coche de este último. Me duermo al instante y Edu Me despierta al llegar a casa.

Dani ha ido en su moto y se está acercando al coche.

-Peligroso juego Lolita -me dice Edu antes de bajar -que descanses.

21 ASÍ NO

Dani ha invitado a Edu a ver el partido en casa. Nunca me ha importado que invite a sus amigos pero después de lo de anoche no me apetece demasiado que venga .Tengo que cortar esto antes de que el agujero se haga más profundo y caigamos todos.

Dani nota que no me hace mucha gracia.

-¿Qué pasa Lola? ¿Por qué no quieres que venga?

-Tenía otros planes, no se...

Y Dani me malinterpreta.

-¿Sí? -sonríe y se acerca juguetón. Me abraza y empieza a besarme el cuello. Me pilla desprevenida y me siento tensa e incómoda, pero él no parece darse cuenta, me tumba sobre la cama e introduce su mano bajo mi falda justo en el momento en que tocan el timbre.

-¡No puedo creerlo! qué inoportuno. Anda abre tú que yo no puedo ni moverme.

No puedo evitar mirar hacia sus pantalones que no pueden ocultar su erección.

Salgo del cuarto y abro la puerta a Edu.

Tengo la cabeza algo confusa y sin querer le saludo con un rápido beso en los labios. Me separo muerta de vergüenza.

-Perdón, per...

Pero me agarra la cabeza y me da un desesperado beso con lengua que me deja inmóvil. Me suelta justo a tiempo.

-¿Edu? -es Dani acercándose.

- Sí, soy yo. Ya estoy aquí —contesta Edu nervioso.

-Cabronazo -ríe Dani que no ha visto nada, dándole unas palmadas en la espalda -Te esperábamos dentro de media hora. Mira que eres inoportuno.

-¿Por? Que estabais... -pero se da cuenta y no acaba la frase.

Dani suelta una carcajada. Yo me quiero morir. ¿Será imbécil Dani? ¿Qué necesidad hay de decir esto?

-No te preocupes. Seguiremos cuando acabe el partido.

Normalmente nos sentamos los tres en el sofá frente a la tele pero esta vez Edu algo incómodo se sienta en una de las butacas laterales.

Llegan las pizzas y empieza el partido. Dani pasa el rato haciéndome cosquillitas en el muslo y de vez en cuando sube algo más de la cuenta. Yo no disfruto, me siento violenta y no puedo evitar mirar a Edu que parece no poder despegar los ojos de esa mano. Se la retiro continuamente pero en cuanto me despisto vuelve a empezar.

El partido resulta ser aburridísimo y acaba empate a cero.

Mientras recojo los platos los chicos comentan un poco el juego y en un momento dado en el que Dani se va al baño, Edu me agarra de la muñeca y me acerca a pocos centímetros de él.

-No vuelvas a hacerme esto -me dice molesto.

- Yo no he hecho nada.

Me suelta, lo sabe. Está enrabietado y quiere marcharse. Reconozco que no ha sido agradable y hasta en otras circunstancias me hubiera sentido violenta.

Dani sale del baño y termina de poner la guinda al pastel:

-Bueno Edu, no es que quiera echarte pero mi mujer y yo tenemos un asunto pendiente -y con otra desagradable carcajada abre la puerta de casa.

No pego ojo en toda la noche. Seguir sin hablar solo complicará las cosas.

El lunes aprovechando que Dani se ha tenido que quedar a pasar la noche en Londres decido llamar a Edu para quedar y hablar.

-¿Edu? Te oigo fatal ¿Dónde estás?

-En un bar tomando unas cervezas ¿pasa algo?

-Me gustaría verte un momento.

-Espera que salgo, no te escucho bien. Te llamo en un minuto- me dice.

Pasados varios segundos me llama. Ya no se oye ruido.

-¿Qué decías Lola? Perdona pero había mucho follón ahí dentro y he tenido que salir para escucharte ¿Te pasa algo?

-No, bueno sí, es que necesito hablar contigo.

-Pues dime, te oigo bien ahora.

-Bueno, preferiría verte ¿Qué vas a hacer ahora?

-Duermo en casa de Elsa así que no pensaba retrasarme mucho.

-¿No podrías anularlo? ¿O llegar más tarde?

Se calla unos segundos.

-De acuerdo ¿Te veo en mi casa en media hora?

-No he cenado -busco una rápida excusa, no puedo ir a su casa, sería demasiada tentación - ¿Mejor tomamos algo?

-Tengo comida en casa, no te preocupes.

-Edu… prefiero que…

-En media hora Lola. Voy a tener bronca con Elsa así que no te pongas tú pesada. Sé por dónde vas y te va a dar igual en mi casa que en la calle. Si tienes las cosas claras no debería importarte- Y cuelga el teléfono molesto sin darme tiempo a responder. ¿Será idiota? Joder que cabreo tengo. Y es que en el fondo tiene razón. Esto no debería ser tan difícil. Pero tiene que ayudarme.

Llego antes que él y espero en el portal. Le veo salir del coche y acercarse clavando su mirada en mí. El corazón me late tan fuerte que puedo escucharlo y la respiración se me acelera. Cierro los ojos en un intento absurdo por dejar de sentir lo que siento y cuando los abro lo tengo ya junto a mí. Me agarra las manos y en silencio me observa serio. Su mirada es triste, incluso creo que aguanta lagrimas en los ojos. Estoy a punto de lanzarme y besarle cuando suspira y dándome un beso en la mejilla rompe el momento.

Una vez arriba sin ni siquiera haber pronunciado palabra empieza a sacar cosas para picar y yo también en silencio le ayudo a colocarlo en platos.

Me lanza una lata de coca cola que con los nervios no alcanzo y tengo que recogerla del suelo. Me mira divertido con mi torpeza y le aguanto la mirada mientras abro la lata que, como el lógico, sale disparada poniéndome perdida.

Edu se acerca partido de risa y me quita la lata de las manos. Coge un trapo y todavía en silencio empieza a secarme el escote. Tengo coca cola por toda la cara. Y quiero que me dé el trapo para secarme pero pone resistencia. Acerca su cara a la mía y empieza a lamer las gotas que resbalan por ella. Cierro los ojos y me dejo llevar por su cercanía, por su olor. Sus manos sueltan el trapo y comienzan a desabrochar los botones de mi camisa. Mi boca ha atrapado ya su lengua y nos besamos con ganas pero con calma. Siento mi ropa caer y le ayudo sin dejar de besarle a deshacerse de la suya. De pronto siento como me levanta ligeramente del suelo y me lleva al salón me tumba y suavemente se coloca sobre mí y vuelve a besarme. Me besa con tanta delicadeza que parece tener miedo, el mismo miedo que yo siento en estos momento. Y sin poder evitarlo comienzo a llorar.

-Así no Lola -son las primeras palabras que pronuncia en toda la noche -Así no puedo ¿Por qué lloras? Puedo parar, solo pídemelo.

-Para -logro decir haciendo un esfuerzo

sobrehumano.

Me incorporo y me echa una manta por los hombros.

-Tranquilízate. No hemos hecho nada ¿vale? Pero por favor, si no paras vas a ahogarte.

Tardo varios minutos en calmarme y por fin puedo hablar.

-No buscaba esto, te lo juro.

-Ya lo sé Lola, Anda vístete y salgamos de aquí.

22 CUMPLE TU PALABRA

A estas alturas soy incapaz de recordar cuando mi vida se convirtió en un juego enfermizo. Puedo intentar engañarme pero sé que aunque desde que Dani volvió no hemos cruzado la línea del sexo, el juego entre a Edu y yo todavía no ha terminado.

Quizá sea nuestra forma de seguir algo que acabó apenas empezar y para lo que no estábamos preparados. Engañándonos a nosotros mismos poniendo limites un poco más allá de la amistad. O quizá simplemente nos gusta el riesgo.

Aquella noche no fuimos capaces de hablar de ello, ni esa ni ninguna otra. Pienso que por mucho que lo hablemos seguirá ocurriendo mientras quede algo que sentir. Y los sentimientos solo el tiempo puede borrar.

El vernos a menudo no ayuda. Los planes de los cuatro cada vez son más frecuentes, y aun con la presencia de Dani y de Elsa, encontramos siempre una manera de recordarnos que no todo ha terminado por mucho qué nos empeñemos en que así sea.

Las noches de cine siempre se sientan Elsa y Dani en las esquinas quedando Edu y yo en el centro. La primera vez que fuimos Elsa se sentó a mi lado y Edu le cambió el sitio con la excusa de que juntas estaríamos cotorreando toda la película y no dejaríamos escuchar a nadie. Y ahora siempre nos colocamos igual. Puede que Elsa apoye su cabeza en el hombro de Edu o que Dani me tenga agarrada de un brazo, pero en cuanto se apagan las luces Edu y yo unimos nuestras manos con disimulo y nos acariciamos. Dulcemente, algo avergonzados quizá y sintiéndonos culpables, pero siempre ocurre igual. Cuando las luces se encienden no hay rastro de unión, ni siquiera cruzamos la mirada. Es un juego, una necesidad, un recordatorio.

Lo mismo ocurre en los restaurantes, en las fiestas o paseos. Siempre hay un pie que toca a otro, una mano que acaricia, un guiño, una sonrisa, un gesto que aun diciendo tanto nadie salvo nosotros logra captar.

Hoy la cosa está siendo más arriesgada. Mis padres han querido organizar una comida familiar a la que han invitado a Edu. Dani se sienta frente a mí y Edu a mi lado.

Mi padre está dando un discurso sobre los

baches en los matrimonios, la reconciliación y lo importante que es para ellos transmitirnos su apoyo. Aprovecha para agradecer a Edu su ayuda durante el tiempo que estuve hundida. Puedes imaginar la incomodidad de todos en estos momentos. Mientras siento que voy a morir del mal trago noto la mano de Edu sobre mi rodilla. En un primer momento me transmite cierta calma y le agradezco el gesto con una sonrisa que parece darle pie a avanzar bajo mi vestido y subir lentamente por el muslo. No me resisto, me quedo petrificada hasta que siento que voy a desmayarme y le paro. Le agarro la mano y se la sostengo bajo la mesa apretándole fuerte. Cuando Dani toma la palabra agradeciendo a mis padres este gesto y promete cuidar de mí y no volver a fallarme nos soltamos la mano de golpe. De nuevo no hay mirada alguna.

En la sobremesa mi suegro saca a Dani de allí con una llamada urgente. Como viene siendo habitual en su nueva faceta de hombre responsable, Dani se disculpa y sale con rapidez a ocuparse del asunto.

Algo incomodo en casa de mis padres sin Dani y siendo este ultimo el tema de conversación de mi padre, feliz con el cambio que ve en su yerno, Edu decide marcharse poco después y yo que me he vuelto a quedar tirada me uno a él.

De camino a casa escuchamos música para evitar hablar. Desde luego nadie nos gana en cobardía. Me enfurece ser tan imbécil, estar metida en algo tan gordo y no ser capaz de salir. Me cabrea que Edu no parezca dispuesto a poner de su parte.

-Lola te mueres por decir algo -¿cuándo ha empezado a leerme la mente?

-Busco palabras –admito.

-Mientras deja de morderte el labio que te vas a terminar haciendo daño.

-Sabes perfectamente lo que quiero decirte- intento no enfadarme, de nada sirve que nos peleemos, tenemos que ayudarnos el uno al otro para superar esto.

-Es por lo que ha dicho Dani ¿verdad?

-Mientras tu bajo la mesa... -no puedo continuar.

Para en segunda fila ya delante de mi casa, algo brusco, creo que está más nervioso de lo que aparenta.

-Lola tu y yo...

-Ese es el problema Edu. No hay un tu y yo y nunca debió haberlo -decirlo me desgarra...

Su gesto cambia. Su sonrisa se convierte en una línea recta inmóvil.

-Tú lo sabes y yo lo sé. Hay que poner punto final a esto -me tiembla la voz.

-Las cosas ocurren por algo Lola.

-A veces ese algo es un error -bajo la mirada.

-No puedes mirarme ¿verdad? No me miras porque sabes que no lo fue, que no lo es. Tu puedes acabar con esto si quieres. Dos personas no se agarran de la mano si una no quiere, no se besan Lola. Estoy cansado de parecer siempre el culpable. ¿Acaso no me buscas tú? Joder me retas continuamente.

Sé que tiene razón.

-¿Y qué quieres que hagamos? -me desespero.

-¿De verdad te importa lo que yo quiera?

-Yo reconozco mi parte de culpa.

-¡No hablemos de culpa!

-Es que esto no es bueno Edu. No es bueno para nadie.

-Lo sé.

-¿Y porque no quieres ayudarme a terminar con esto?

-¿Crees que es fácil para mí? -sus ojos llenos de lágrimas me llegan al alma...

-Perdóname Edu, por favor, tienes razón. Lo haré yo ¿de acuerdo? Pondré distancia entre nosotros. Me las arreglaré con Dani para no tener que vernos.

-Baja del coche -su voz me asusta.

-Pero Edu…

-Que bajes del puto coche. Ya estás en casa, vete y cumple tu palabra. Por una vez.

Ese "por una vez" me destroza y salgo temblando del coche. Se acabó.

23 HERMANA

Cambiar de ambientes es complicado y más todavía cuando no puedes dar razones a tu marido de por qué de repente no quieres salir con sus amigos.

Últimamente me ha dolido la cabeza, el estomago y la espalda, he utilizado muchos dolores como excusas para no salir.

Por suerte hoy hay una fiesta en casa de una amiga de Marta que conozco desde niñas y nos ha invitado. No hay peligro de encontrarnos con Edu así que acepto. Dani parece feliz con la idea de airearse, tanto encierro le está matando.

Marta viene con nosotros en el coche, está sola porque su última conquista está de viaje. Una lástima que no venga él, es de los tíos más graciosos que he conocido en mi vida y parece que a Marta le gusta más de lo que reconoce. A todos nos gusta en realidad. En el coche Dani y yo le pinchamos con ello y ella ríe sin dejarse afectar.

La fiesta es en un jardín, todo está precioso. Se notan toques de Marta en todo. Sé que ha estado ayudando y el resultado es increíble.

Al poco rato estoy de lo más animada con la buena música y el ambiente. Dani está más cariñoso de lo habitual y me siento cómoda. No rechazo sus mimos e incluso los busco sin importarme demasiado que la gente nos mire.

-Mira ya ha llegado Edu -me sorprende de pronto Dani- Vamos a saludarle

-¿Edu? Pero ¿qué hace aquí?

-Le dije que se pasara. No importa ¿no? Es que está de bajón el tío. Para mí que tiene problemas con Elsa o algo. No hay manera de verle el pelo y cuando le llamo está de mal humor. ¿No lo has notado?

En realidad no le he llamado así que no tengo ni idea pero me pilla desprevenida y no sé qué decir.

-Pues no sé, puede. Igual tiene mucho trabajo y está estresado.

-También puede ser pero vamos, que no conoce a nadie aquí y nos estará buscando.

Nos acercamos, Edu está hablando con Marta a la que sí conoce y no parece preocupado por encontrarnos. Nos saludamos con una frialdad que se derrite en cuanto sus labios se apoyan en mi mejilla. Las piernas me tiemblan, esto no es lo que tenía en mente esta noche. Puedo con esto, sé que puedo, tengo que hacerlo. Aprovecho que Marta le pregunta algo a Edu y arrastro a Dani donde hay un grupo de gente bailando

-Necesito bailar un poco anda acompáñame que llevamos mucho tiempo sin salir.

De vez en cuando no puedo evitar buscar a Edu con la mirada pero no me obsesiono. Empiezo a controlarlo, estoy orgullosa de mí. En un par de ocasiones veo una extraña cercanía entre él y Marta. Edu le agarra de la espalda y le habla muy cerca, demasiado. Ella ríe y parece seguirle el juego. Ahora Edu le da un pico y ella divertida sigue riendo. Mando a Dani a buscarme una copa con la excusa de ir al baño y me acerco a mi hermana.

-Me parece que en la cocina están preguntando por ti -miento.

Marta se disculpa y guiñándole un ojo a Edu sale de allí ¿Le ha guiñado un ojo?

-¿Qué coño estás haciendo con mi hermana?

- ¿Celosa? -tira de mí y me lleva tras unos arbustos. Está borracho.

-Marta tiene novio ¿sabías?

- Y tú tienes marido.

-Yo no tengo nada que ver en todo esto.

-Si no puedo tener a una hermana puede que sea divertido probar con la otra.

Le doy un sonoro bofetón a los que parece que

me estoy aficionando y en ese preciso momento aparece Marta de nuevo.

- Pero ¿qué haces Lola?

- ¿Qué pasa? -Dani aparece detrás

-Le ha dado una torta.

-Ha besado a Marta -me defiendo.

Dani y Marta estallan en una enorme carcajada. Milagrosamente les hace gracia

-¿A eso le llamas tú un beso? -bromea Marta - ¡Pero si estamos de coña Lola! anda tortolitos a seguir con vuestros arrumacos y bailecitos y dejar a los solteros divertirse.

- Dios los crea y ellos se encuentran -se troncha Dani y me saca de allí.

-Pero Dani -me quejo -¿vas a dejarles ahí?

-Claro que sí.

-¿Y qué pasa con Elsa? Además Marta tiene novio, no podemos dejarles hacer esto.

-Lola que sólo están bromeando. Y además estamos hablando de Edu y De Marta. Edu no está enamorado de Elsa, ya te he dicho que me parece que deben estar mal, no hay más que verle la cara. Debe haberse pillado por una vez aunque no sé, es raro, no creo que Edu sea capaz de enamorarse de nadie, ya le conoces. Y de tu hermana qué voy a decirte.

-No -se me escapa.

- ¿No qué? –pregunta y parece pasarlo bien con toda esta historia, sonríe divertido.

-Nada, vamos disfrutemos de la fiesta -¿cómo voy a decirle que Edu puede enamorarse de verdad?

Intento distraerme pero la fiesta cambia radicalmente para mí. Ya no quiero seguir aquí.

De pronto veo que Marta está con un grupo de amigas metiéndose en la piscina. No entiendo cómo pueden bañarse a estas horas yo estoy completamente destemplada. Pero esto me aclara que no está con Edu y miro alrededor. Está camino de la salida y se ha girado al ver el griterío en el agua. Se da cuenta de que le estoy mirando y se va. Voy tras él y le alcanzo del otro lado de la casa justo a tiempo.

- ¿Dónde vas?

-Me voy a casa -apesta a alcohol -he bebido demasiado.

-¿Ya has acabado con ella? –pregunto enfurecida.

-¿Qué mierda te importará a ti?

-No puedo creer que hayas entrado a mi hermana.

-Pues viéndola en bikini creo que he estado ciego varios años. Hay que ver lo buena que está.

Levanto la mano para darle otro bofetón pero me la agarra en el aire y tira de mí hacia él. Me abraza y me besa, yo enfurecida correspondo con fuerza. Una fuerza enfermiza y posesiva.

-¿Qué coño pasa aquí? -Marta envuelta en una toalla vuelve a aparecer de la nada. Está tiritando

-Marta esto no... no

-¿No es lo que parece? ¿De qué película has salido tú? -me grita -Haz el favor de entrar con tu marido ¡Y tu lárgate! -le dice a Edu -¿En qué coño estabais pensando? ¡Joder! Mira que ya había imaginado algo pero nunca creí que...

-Que no Marta -Edu intenta intervenir.

-Que te largues tío. Vete antes de que venga Dani porque yo no estoy dispuesta a entrar en esto.

Edu se marcha y yo queriendo que me trague la tierra dejo que Marta me arrastre junto a Dani.

-Tu mujer se aburre -le espeta -llévatela a casa.

Dani sorprendido me mira.

-¿Qué pasa?

-Nada, le he pedido un Gelocatil y se ha puesto así -¿desde cuándo miento más rápido de lo que pienso?

-¡Te encuentras mal?

-Un poco.

-Bueno pues vámonos. Pero deberías ir al médico, últimamente te encuentras mal muy a menudo- detecto un poco de acritud en sus últimas palabras pero no discuto.

24 LONDRES

El episodio de la fiesta ha sido demoledor. No he vuelto a tener noticias de Edu ni quiero tenerlas. Le echo de menos cada minuto del día pero tengo miedo, hemos estado a punto de perder a Dani los dos, de nuevo...

Marta y yo no hemos comentado el asunto. Parece algo molesta conmigo, no es su forma de ser juzgar a la gente pero creo que en este caso le he roto los esquemas. Siento que me mira de otra manera y me duele.

Intento disimular mi estado pero Dani nota que algo me ocurre. Me ha preguntado en un par de ocasiones si quiero contarle algo, si me está pasando algo y yo ya no me atrevo a excusarme en dolores, terminaría por arrástrame a un médico. Intento convencerle de que estoy bien, de que son imaginaciones suyas pero noto que su preocupación aumenta día a día.

Estamos cenando frente a la televisión con unas bandejas. La peli no me interesa demasiado, pero prefiero esto a tener que hablar. En los anuncios Dani quita el volumen y me dice:

-Vayámonos a Londres, Lola. Empecemos de nuevo.

-¿Marcharnos? ¿Dejarlo todo? -digo haciendo grandes esfuerzos por no atragantarme -Dani sabes que no puedo, aquí tengo toda mi vida, mi trabajo.

-Y allí me tendrás a mí. Nos tendremos el uno al otro. Será como volver a empezar. Algo aquí no funciona, algo se está torciendo y no quiero perderte. Te quiero Lola, por favor piénsalo.

Bajo la mirada avergonzada. No hace preguntas y es de agradecer. No puede saber nada, estoy segura de que ni se le ha pasado por la cabeza pero nota que algo ocurre. Y eso es porque me quiere, porque le importo. Prometió no volver a fallarme y está cumpliendo.

Puede que sea justo lo que necesitamos. Puede que incluso sea la única manera de olvidar a Edu.

Pasados varios minutos, cuando ya ha vuelto a poner el volumen y parece centrado en la película le respondo:

-Lo haré. Me iré contigo.

Pensamos que es mejor no comentar nuestros planes con nadie hasta tener todo resuelto y pocos días después nos vamos a Londres, en principio a pasar un par de días y a que yo me haga una idea, pero decidimos alargar la estancia y ponernos manos a la obra con los preparativos.

Él tiene mucho trabajo y yo estoy como loca por empezar a decorar. El apartamento resulta ser más pequeño que el nuestro actual, y solo tiene un dormitorio. Pero he venido decidida a ser positiva y reconozco que tiene muchas posibilidades. Para Dani la situación es inmejorable porque está a pocos minutos caminando del despacho.

Cuando llamo a mis padres para contarles que me quedaré algo más por aquí no ponen pegas. Me aseguran que entre los tres podrán con todo unos días más, me animan a tomarme el tiempo que necesite y yo no me atrevo a adelantarles mis proyectos.

Lo primero que hago es deshacerme de la ropa de cama. No quiero ni pensar que ha pasado por allí durante ese tiempo que intentamos borrar y sin ni siquiera preguntar lo cambio todo.

Disfruto callejeando por Londres. Compro pocos muebles pero muchos objetos decorativos con los que pretendo hacer de esta casa un hogar, nuestro hogar.

Cada día que paso con Dani alejada de España me acerco más a él. Sus besos empiezan a ser necesarios y el sexo surge también por mi parte. Mentiría si dijera que no pienso en Edu, siempre que hacemos el amor se me pasa por la cabeza, pero consigo quitármelo mirando a los ojos a Dani. Mi Dani, mi marido. Vamos a conseguirlo, lo sé.

Dani ha cambiado mucho. Podríamos decir que ha madurado. Se toma el trabajo muy en serio y parece disfrutar al fin de su profesión. Me gusta ver el hombre en el que se ha convertido. Me hace sentir orgullosa. Pero no todo es tan bonito como parece. Nadie dijo que fuera a ser fácil.

Cuando estamos solos las cosas parece que funcionan pero cuando hay gente Dani se transforma. En ocasiones veo a su padre reflejado en él y eso me aterra.

Sus amigos, todos compañeros de trabajo, son bastante mayores que nosotros y tienen ya varios hijos. Nos invitan a cenas en sus casas y aunque reconozco que son extremadamente amables conmigo, no me siento del todo cómoda. Dani no deja de ser el hijo del jefe y en breve será socio, la gente tiende a hacerle la pelota y cuando esto ocurre se vuelve algo altivo y prepotente.

Hoy por fin voy a conocer su despacho. Estoy deseando ver el lugar donde Dani pasa tantas horas. Tardo apenas diez minutos desde nuestro piso, entiendo que para él, esto es una gran ventaja.

Me recibe una mujer más o menos de mi edad francamente atractiva. Muy alta y pelirroja. Algo sexi de más para trabajar en un despacho tan serio. Quizá dos palmos más de falda y algún que otro botón abrochado de la blusa serían más apropiados.

Me hace pasar al despacho de Dani enseguida.

Voy a darle un beso pero se aparta, espera a que salga la pelirroja, cierra la puerta y es entonces cuando me besa él a mí.

-¿Te avergüenza que te bese delante de ella? -le pregunto haciendo una señal hacia la puerta.

-No es eso Lola, pero hay que guardar las formas.

-Tampoco iba a darte un morreo -me siento molesta.

-Bueno no pasa nada. Anda siéntate que acabo en dos minutos y nos vamos a comer.

-Me gustaría ver la oficina.

-Vale ya acabo, dame un momento.

-¿Van todas las mujeres vestidas como la pelirroja? -he de reconocer que estoy algo pesadita.

-La pelirroja tiene un nombre, Sussan se llama.

-Uy perdóname -me rio -¡Ni que fuera tu chica!

-¿Por qué dices eso? ¿Qué te ha dicho?

No entiendo la pregunta y así se lo voy a decir cuando empiezo a sospechar. ¿A qué viene esto? ¿Qué le preocupa que me diga? Creo que él mismo sabe que ha metido la pata y clava la mirada en la pantalla del ordenador sin esperar respuesta.

-Dímelo tu Dani -mi tono no deja lugar a dudas. Quiero una explicación

-No es mi chica. Mi chica eres ahora tu Lola.

- ¿Ahora? Venga Dani suéltalo.

-No siento nada por Sussan ni lo he sentido nunca te lo juro.

-Pero ¿te la has tirado?

-Lola no puedes enfadarte. Íbamos a divorciarnos.

-Yo no quería divorciarme.

-No lo hagas por favor, no hagas de esto un mundo. Era sólo sexo, te lo juro.

Miles de recuerdos me invaden. No puedo culparle, yo encima me enamoré. Puedo engañar a Edu y ocultárselo a Dani pero no a mí misma. Me duele reconocerlo y recordarlo, estoy temblando.

-Lola cálmate.

¿Qué puedo decirle? Molestar me molesta muchísimo. No tanto el hecho de lo ocurrido como que siga aquí. Yo voy a alejarme de él, voy a poner miles de kilómetros entre Edu y yo para salvar esto.

-Deshazte de ella -suelto al fin.

-No puedo hacer eso Lola. Además No soy yo quien la ha contratado.

-Es tu secretaria ¿no?

-Sí, pero la ha contratado mi padre.

-Claro, cómo no. Tu padre lo tenía todo pensado para su rey ¿verdad?

-No digas tonterías. Cómo iba a saber él que yo iba a...

-¿Pero tú la has visto bien? ¡Es una puta! ¿Quién se viste así para ir a trabajar?

-Que no Lola, que no es mala chica de verdad.

-¿Crees que eso me ayuda? Yo voy a dejarlo todo, voy a apostar por ti pero tú vas a tener que deshacerte de ella.

No responde. Se revuelve nervioso con la mirada perdida.

-Prométemelo Dani.

-De acuerdo. Buscaré la manera de cambiarle de departamento.

-No, tiene que irse.

-Lola…

-Tiene que irse -repito.

Dani asiente en silencio.

Hemos pasado veinte días en Londres, no ha sido un camino de rosas, pero hemos ido superando los obstáculos juntos, hablando mucho y esforzándonos.

Para Dani tener que enfrentarse a su padre ha sido muy desagradable, lo sé y se lo agradezco. Sacar a Sussan de allí le ha llevado a una buena broca.

Ambos somos conscientes de los esfuerzos del otro y no vamos a rendirnos. Nos embarcamos rumbo a Madrid con una mezcla de miedo e ilusión, dispuestos a contar a todos nuestros planes y organizar el traslado.

25 BEBÉ

Pocas horas después de aterrizar Dani ya está enterado de los planes para esta noche. Lo primero que descubro por lo que me cuenta es que Elsa y Edu siguen juntos.

Al parecer esta noche Elsa da una fiesta en su casa y ha invitado a varios amigos de Edu. No me apetece nada el plan porque puedo imaginar el desfile de amiguitas y me siento insegura, pero puede ser la última vez que nos reunamos varios amigos y queremos darles la noticia.

Quedamos con Edu en un bar cercano a casa que nos encanta a los tres. Yo voy andando y Dani irá directo del trabajo. Se ha empeñado en que se lo contemos a él primero, he estado tentada a poner excusas pero no puedo volver a entrar en esto. Tengo que ser fuerte, coger el toro por los cuernos y hacer las cosas bien.

Ya están dentro cuando llego. Dani me besa al entrar y yo saludo cabizbaja a Edu con dos besos que me dejan todavía más nerviosa. Pedimos unas cervezas y Dani se lo suelta de golpe. Intento no mirarle a los ojos. Imagino cómo me sentiría yo si fuese él quién se marchara y me siento a morir.

Me impresiona la frialdad con la que reacciona, incluso creo que a Dani le decepciona un poco.

No tardamos en salir de allí bastante incómodos y sin gran cosa más que decir. Fuera Dani se da cuenta de que se ha olvidado mi casco y le pide de nuevo a Edu que me lleve él.

Nos subimos al coche sin apenas mirarnos, arranca y no dice una sola palabra en varios minutos.

Me gustaría explicárselo pero no puedo ni debo. Puede que en el fondo él también sepa que es la única forma de acabar con esto. Tanto silencio me pone histérica.

-Edu tengo que hacerlo.

-Te vas.

-Es lo mejor para todos.

-Pues sí lo crees adelante.

-Tu sabes que yo siento... -por favor tiene que echarme un cable.

-No, no sé lo que sientes y francamente no me importa.

No sé cómo continuar. No puedo decirle que le quiero y por eso debo alejarme. Esto complicaría más las cosas.

Llegamos al portal de Elsa y nos bajamos deprisa, incómodos y deseando llegar arriba. Una vez en el ascensor la cosa se complica. El recuerdo de esa noche aquí mismo nos viene a los dos a la cabeza. Le oigo respirar aceleradamente. Si el supiera que me muero por besarle, por tocarle y que me toque, por sentirle.

Quiero darle al botón, parar el ascensor y mandar todo a la mierda. Quiero revivir ese momento que pasamos juntos, sentirle dentro, quiero que me mire a los ojos y no los cerraré. No puedo más. Me atrevo a mirarle pero él no me mira, parece muy concentrando. Sé que le está costando tanto como a mí. Y por fin llegamos.

La música suena fuerte. Hay mucha gente aquí dentro.

Dani corre a mi encuentro y me besa. Parece conocer a muchas personas de su breve etapa como fotógrafo. Varias chicas se acercan a saludarle y no se molesta en presentarme. Puede que no sepa ni sus nombres pero yo me siento incomoda. Le pido q me acompañe a por algo de beber y se despide de ellas.

No hemos dado ni tres pasos cuando nos topamos con una rubia con un embarazo evidente que me resulta conocida.

La cara de la chica al ver a Dani es un poema e

inmediatamente la reconozco. ¡Es ella! La recuerdo del día que huyó del estudio de Edu al verme.

Ninguno de los tres pronunciamos palabra alguna. Ella no aparta los ojos de Dani y él y yo de su prominente barriga. Edu aparece de la nada.

-Dani ¿qué pasa? - pregunta adivinando la respuesta al ver nuestras caras y el embarazo.

-Intenté localizarte- dice la rubia.

Dani sigue mudo y yo salgo corriendo de allí. Edu intenta agarrarme pero logro escapar.

Llego a casa histérica. Creo que me voy a morir de angustia. Ando de un lado a otro intentando calmarme. Mi móvil no para de sonar dentro del bolso.

Poco rato después un Dani descompuesto entra e intenta abrazarme.

-¡Aléjate de mí!

-Lola por favor escúchame. Yo no sabía nada, yo...

Me dejo caer de rodillas al suelo y empiezo a sollozar.

-Un bebé Dani ¡Vas a tener un bebé!

Se agacha junto a mí y me rodea con sus brazos.

-Lo siento. De verdad q lo siento Lola. Daría lo que fuera por volver atrás.

Pasamos un largo rato en el suelo, me mantiene rodeada con sus brazos y llora conmigo, no nos decimos nada.

-Dani -susurro soltándome de él y poniéndome en pie.

-Qué.

-Quiero el divorcio.

Y escuchándole llorar, completamente abatido en el suelo, cojo mi bolso y salgo de allí.

26 NO LUCHES

Llevo como una hora conduciendo a ninguna parte. No tengo donde ir. No puedo volver a casa de mis padres, sé que están pasando el fin de semana en Asturias, pero Marta estará allí o llegará en un rato. ¿Cómo contarle todo esto? Ojalá pudiera soltarlo, me envenena, si me atreviera...

Me armo de valor y llamo. Nada más descolgar me pongo a llorar y al oírme se pone nerviosa.

-Cálmate Lola ¿Dónde estás?

-No lo sé.

-¿Cómo que no lo sabes? ¿Puedes llegar a casa?

-Creo que sí —cuelgo, tardo unos minutos en ubicarme y algo más en llegar.

Marta me espera en la calle, apoyada en la puerta de casa preocupada. Me abre y me arrastra al salón

-¿Qué te ha pasado?

Y por primera vez en meses lo suelto todo. No entro en detalles morbosos pero si reconozco mi relación con Edu, el por qué necesitaba empezar de cero en Londres y acabo con el descubrimiento de esta noche ante la cara de espanto e incredibilidad de mi hermana.

-Joder Lola pero ¿alguien sabe todo esto?

-No. Bueno sí, Edu.

-Pedazo capullo Edu.

-No, no es un capullo.

-Sí lo es. Y tú Lola siento decírtelo, pero tú eres tonta de remate ¿A quién se le ocurre?

-Las cosas no son tan sencillas.

-¡Ni tan complicadas! Por cierto el móvil no para de sonarte.

-Me da igual.

-A ver para q yo me aclare. Esa tía se quedó embarazada antes de que Dani volviera ¿no?

-Sí –contesto sin ganas.

-Así que Dani no ha vuelto a fallarte.

-¿Y qué más da eso?

-Bueno dar si q da -se desespera al oír de nuevo mi móvil -trae el bolso.

Se lo paso pensando que va a apagar el teléfono pero en lugar de ello contesta.

-Hombre, el capullo -dice al descolgar -Soy la hermana de tu amante. Ya sabes la cuñada de tu mejor amigo. ¿Qué quieres ahora?

-Marta, por Dios ¿qué haces? -le digo horrorizada mientras ella escucha lo que Edu le responde.

-Está en mi casa pero no creo que sea buena i... -mira la pantalla enfadada- lo que yo decía, un capullo Lola. Me ha colgado y te advierto que viene hacia aquí.

-No quiero verle.

-Pues te jodes- me suelta.

-¿Esta es tu manera de ayudarme?

-Mira sí. ¿Qué es lo que pretendes? ¿Encerrarte de nuevo aquí? No, Lola no. Te has metido en un lio, tu vida es un puto culebrón, pero tú tienes parte de culpa y huir no arreglará las cosas. Tienes que enfrentarte a esto. Tienes que hablar con los dos y tomar una decisión, la que sea pero acabar con esta mierda. Es más, yo creo que deberías aprender a estar sola por una vez en tu vida. A veces las cosas se acaban y agarrarte a un clavo ardiendo solo lo complica todo.

No respondo, no puedo dejar de llorar.

-Te dejo sola un rato. Cálmate y piensa q vas a decirle al capullo porque no creo que tarde.

Y no tarda. Media hora después tocan a la puerta y Edu entra nervioso.

-¿Cómo estás?

-Mal.

-Lo siento mucho- se sienta a mi lado.

-He dejado a Dani.

-Él no sabía nada.

-¿Y tú?.

-Tampoco Lola, te lo juro. Ella no me dijo por qué le buscaba.

-¿A qué has venido Edu?

-Estaba preocupado por ti.

-Pues ya ves, ya soy libre. Es lo que querías ¿no? ¿Sigo interesándote o ya he perdido la gracia?

-No descargues tu ira contra mí.

-¡Contéstame Edu! ¿Sigues deseándome como hace unas horas en el ascensor?

-¿Qué coño te pasa conmigo? ¿Por qué me utilizas así? ¿Qué quieres que te diga joder? ¡Yo no tengo la culpa!

-Claro que si

-¿¿Yo??

-Tú has hecho q me enamorara de ti.

-¿Enamorada? ¡Anda ya Lola! ¡Pero si te ibas a Londres!

-Tú sabes por qué me iba.

-Claro q lo sé. Te ibas por él. Siempre por él. ¡Porque él siempre ha estado por delante de mí! ¿Vas a negarlo?

-¡Me enamoré de ti! ¡Lo sabes!

-¡Pero le elegiste a él! Mírate Lola. ¿Por qué si no estás aquí sufriendo? Le quieres y no soportas que algo suponga un obstáculo.

-¡Es un bebe!- sollozo- ¡un maldito bebé que yo no le he podido dar!

Me abraza y me dejo abrazar. Necesito tanto este abrazo. Me siento tan sola y perdida.

-No me sueltes- le pido y noto como me aprieta aún más fuerte.

Pasamos largo rato abrazados y en silencio hasta que finalmente nos quedamos dormidos.

Me despierto a las seis sobresaltada y Edu se despierta también. Se le ve desorientado, creo que tarda unos segundos en recordar donde está.

-¡Mierda-! Dice poniéndose en pie- ¡Elsa va a matarme!

-No te vayas- le pido- y en un arranque de locura empiezo a besarle. En un primer momento me corresponde. Me besa con ganas y noto el deseo crecer en sus pantalones. Me besa el cuello y yo le muerdo el lóbulo de la oreja. Intento desabrocharle el pantalón pero el botón se resiste y me separo un poco de él. Parece que esto le hace recuperar el juicio.

-Para Lola, para.

-No quiero.

Se pone en pie cabreado.

-¿Por qué me utilizas así?

-Te deseo.

-¡No quiero que me desees joder! Quiero que me

quieras. Soluciona tu vida Lola, soluciónala de una vez. ¡Tienes que dejar de utilizarme! ¡Me estás volviendo loco!

-¿Y qué pasa contigo? ¿Me vas a decir ahora que tú no has jugado conmigo?

- Yo encontré la manera equivocada de luchar por ti.

-¿Y te rindes?

-Sí, me rindo. Me rindo porque no es nuestro momento. Nunca lo ha sido. Porque tú sigues sin tener las cosas claras. Porque mi mejor amigo y tu todavía marido debe estar hecho polvo en vuestra casa queriéndose morir y... Y porque estoy hasta los cojones de ser el segundo plato de esta historia. Déjale o vuelve con él y marcharos, lucha por ser feliz de la manera que quieras pero déjame fuera ¿vale? Rompo mi promesa. No voy a estar a tu lado. ¡No puedo y no quiero! Se acabó. No puedo ayudarte. Lo siento.

Y sin esperar respuesta sale de casa dando un portazo.

Marta que ha oído todo se asoma al salón.

-El capullo tiene razón Lola. Duele, pero la tiene.

Pocas horas después de que Edu se marche estoy en la puerta de mi apartamento dudando si abrir o llamar al timbre y opto por lo segundo.

Dani me abre con un aspecto horrible.

-Tenemos que hablar- Me oigo decir.

Nos sentamos en el salón lo más lejos posible el uno del otro que el pequeño espacio permite.

-Lola créeme no sabía nada.

-Lo sé.

Ninguno de los dos sabe que decir y acabo por ser yo.

-Estuve con alguien.

-¿Cómo? -parece que le he dicho que he visto un fantasma.

-Cuando te fuiste, estuve con alguien.

-¿Con quién?

-Eso no importa.

Y creo que entiende que por ahí no debe insistir porque se calla.

-Me enamoré- continuo.

-¿Por qué me dices todo esto? ¿Quieres castigarme?

-Quiero hacer lo que debería haber hecho hace tiempo. Ser sincera contigo.

-Pero ¿se acabó cuando volví?

-En parte.

-¿Cómo que en parte? -no sé si está asustado o enfadado.

-Cuando volviste aposté por ti. Por nosotros -contesto.

-Y dejaste de verle.

-No del todo –admito.

-¿Me has estado engañando todo este tiempo?

-No exactamente. He estado confundida.

-¿Me elegiste a mi?

Asiento en silencio.

-Hasta esta noche –añade.

Vuelvo a asentir.

-¿Le has visto esta noche? ¿Has vuelto con él?

-Le he visto sí, pero no he vuelto con él. Hemos terminado del todo –se me quiebra la voz.

-Lola no sé qué quieres decirme. Me estás matando con todo esto.

-Bienvenido a mi mundo. Así me siento yo

-¿Por qué has vuelto? ¿Sólo para decirme esto?

-No lo sé. Ni siquiera sé por qué te cuento todo esto. Ya no tiene sentido.

-Igual sí Lola. Igual tiene más sentido de lo que crees. Puede que no esté todo perdido. Quizá todavía me quieras.

-No Dani. Bueno querer te quiero.

-¿Pero?

-Pero no te quiero como debería quererte. Te juro que lo he intentado pero es demasiado difícil. No debería ser difícil Dani. Algo se rompió, en realidad todo. Hemos intentado arreglar lo que ya no puede ser. Y menos ahora que vas a tener un hijo. Un hijo con ella. No podría soportarlo.

Suspira, se pone en pie y empieza a moverse de un lado a otro.

-¿Y él? Ese tío con el que has estado ¿por qué lo has dejado si lo nuestro se ha terminado?

-Me ha dejado él a mí.

-¿Me estás tomando el pelo?

-¿Crees que puedo tomarte el pelo en un momento así? El cree que estoy enamorada de ti.

-Y no lo estás.

-No.

Vuelve a sentarse. Esta vez a mi lado

-Yo te quiero -dice -voy a marcharme y voy a arreglar las cosas. Volveré y lucharé por ti.

Al escucharle algo extraño me ocurre. Tras tanto tiempo perdida, las palabras de Marta y de Edu me vienen a la mente y me sacuden de tal manera que dejo caer la pesada venda que me ha tapado los ojos tanto tiempo. No puedo ver lo que quiero pero sí tengo claro lo que no y así se lo digo a Dani.

-No lo hagas, no luches por mí.

-¡Pero yo te quiero Lola!

-No Dani. No merecemos esto, ninguno de los dos- y mientras hablo todo parece ser menos complicado, todo parece estar más claro de lo que queremos admitir -Vendamos el piso Dani. Márchate a Londres. Allí tienes futuro, tu vida. Encontrarás la forma de ocuparte de ese hijo, sé que serás un padrazo. Serás feliz y yo encontraré la manera de serlo. Nos lo debemos Dani. Nos hemos querido mucho, hemos tenido una historia increíble pero se acabó. Los dos hicimos mal, no hay un culpable, fuimos los dos. No te atormentes más y deja que superemos esto sin promesas futuras. No quiero que luches por mí.

Nos miramos a los ojos y ambos lloramos. Lloramos aceptando que esto es el final y no hay vuelta atrás.

27 CAMBIOS

Han pasado varios meses desde que todo acabó.
El piso se puso a la venta bastante más barato que otros de la zona y en menos de un mes lo habíamos vendido. El divorcio de mutuo acuerdo no se demoró y antes de lo esperando todo había terminado.

Muchas cosas han cambiado. No he vuelto a ser la Lola que fui, algunas vivencias te cambian y yo he cambiado mucho. Ya no soy tan soñadora y optimista como lo era hace años, pero tampoco vivo pensando en que todo se ha vuelto en mi contra. He aceptado que aun siendo especial para quienes me quieren el mundo no gira a mi alrededor.

Intento no lamentarme del pasado ni agobiarme por lo que me deparará el futuro. He aprendido a vivir el hoy, el ahora. He descubierto que cuando de verdad quieres que te ayuden la gente que te quiere lo hará. Solo hace falta admitir que les necesitas y acudirán.

Qué equivocada estaba. Nadie se alegró de mi fracaso ni se escandalizó por mi divorcio. Sí, claro que se comentó, pero al igual que otros miles de sucesos que ocurren todos los días.

La vida sigue. Casados, solteros, divorciados, todos buscamos un hueco en esta vida y lo hay, sólo hay que adaptarse a tus circunstancias aunque no sean las esperadas.

Mis padres y Marta me han apoyado y ayudado hasta decir basta. Y no sintiéndome sola he aprendido a estarlo.

Me encuentro mucho más fuerte y empezando una nueva vida. Ahora vivo en un diminuto apartamento alquilado cercano a la tienda. Es tan pequeño que parte de las cajas que traje tuve que dejarlas en casa de mis padres pero no me importó. Es un ático con muchísima luz y unas vistas espectaculares. Lo he decorado a conciencia y creo que he hecho un maravilloso trabajo. Tengo grandes esperanzas de ser feliz aquí. Por primera vez desde hace mucho tiempo me siento en paz.

Además tengo una vecina muy especial, mi hermana Marta. Sí, se independizó. Ahora somos vecinas Y juntas formamos un extraño equipo. Ella tira de mí y yo la mantengo ocupada. Creo q sus esfuerzos por mantenerme feliz le mantienen distraída y no tiene tiempo ni ganas para saltar de novio en novio.

No somos dos hermanas solteronas y amargadas, nos divertimos. Salimos de vez en cuando, claro que sí, pero de otra manera.

Marta también ha cambiado, parece que por fin se enamoró. Ella que nunca creyó en el amor lo encontró pero no funcionó y sufrió como todos los que de verdad somos afortunados, porque reconozcámoslo, sufrir por amor es duro, pero significa que existió algo grande y eso, aunque no todo el mundo lo crea, es una suerte .

No he vuelto a tener noticias de Edu ni las he buscado. Madrid puede llegar a ser muy grande sí uno quiere.

Laboralmente también hay cambios. Ya no solo estoy atendiendo a novios en la tienda y vendiendo muebles, he abierto una sección de decoración de casas que dirijo yo y por fin he cumplido un sueño. La verdad es que todavía estoy empezando, no he cerrado ningún proyecto pero espero hacerlo pronto.

Las noticias vuelan y a veces llegan a todas partes, viajan de una a otra provincia y a Bilbao llegaron rumores de que lo estaba pasando mal. Puedes imaginar lo que tardó Bea en acudir a mi lado. Y esta vez no lo hizo sola. Apareció con su flamante, aventurero y futuro esposo. El hombre más interesante que he conocido en mi vida. Cuenta unas historias bárbaras y al escucharlas viajas a lugares del mundo que jamás habrías podido imaginar.

Bea me hizo reír y también me permitió llorar. No hubo desfases, ni grandes planes. Sólo buena compañía, con eso basta.

Te preguntarás que pasó con su boda. Hubo varios cambios de fecha por diferentes y estrambóticos motivos muy propios de ella y cuando ya empezaba a pensar que quizá habían cambiado de opinión llegó la invitación, que estoy abriendo impaciente mientras marcó su número.

-¿Es esto cierto Loca? ¿Tenemos fecha?

-¡Si! -exclama entusiasmada -¡Ahora sí que sí! Y no hace falta que contestes. Ya tengo apuntada tu asistencia. Lola y acompañante.

-Mi acompañante si no te parece mal será mi hermana Marta ¿vale?

-Siempre me gustó Marta. ¡Apuntada! Marta y Lola con dos acompañantes.

-No, no. Iremos solas.

-Quita, quita eso me complicaría las mesas. Mi futuro marido está resultando ser un poco histérico con el protocolo –ríe -¿Puedes creértelo? No le pega nada.

-Vamos Bea, seguro que tienes algún par de solteros que nos puedas colocar.

-Mmm- murmulla -eso te gustaría ¿eh? puede que sí, déjame que lo mire. Bueno, no os preocupéis que yo me ocupo. Y haz el favor de ser muy puntual o no entraré en la iglesia. Tú espérame en la puerta ¿vale?

-Cuenta con ello.

28 LÁNZATE

Lo bueno de llevar una vida tranquila es esto, cualquier acontecimiento es una gran ilusión. Así qué ya tengo otro asunto que incorporar a mi vida, la búsqueda del traje para la boda. Salgo con Marta tres tardes de compras hasta que las dos estamos satisfechas con nuestros modelitos. Mis padres nos regalan los billetes de avión a Bilbao para que no tengamos que conducir y pronto llega el gran día.

La noche antes de la boda Marta se queda descansando en el hotel pero yo salgo a cenar con Bea, lo que promete ser una fantástica cena de despedida de las dos se ve frustrada cuando sus padres deciden unirse. No es que mi importe demasiado, son un encanto, pero tenía ganas de pasar una noche de chicas.

La cena es agradable y aunque Bea se resiste sus padres se la llevan nada más terminar. Ahora entiendo que vinieran, creo que no se fiaban de la que pudiera liar Bea en su última noche de soltera.

Cuando llego al hotel Marta está hablando por teléfono. Parece una conversación algo íntima y su tono pasteloso de voz le delata.

-¿Con quién hablabas? -le pregunto cuando cuelga.

-No vas a creértelo, he bajado a tomar algo y he conocido a un tío. Me ha pedido el teléfono y mira...

-¿Pero qué dices? ¿Dónde?

-Aquí abajo, en el restaurante. También viene a la boda.

Me parto de risa.

-Anda que no te puedo dejar sola ¿eh? ¿Y cómo es que te llama si acabas de verle?

-Menos coñas Lola, está muy claro.

-¿Estaba cenando también solo?

-Sí, ha venido con un amigo a la boda pero no quería cenar y ha bajado sólo como yo.

-Un poco raro me parece todo –le pincho.

-¿Por qué raro? ¿Qué más da? ¡No sabes qué bueno está Lola! ¡Un cañón! Yo creo que es el tío más guapo que he visto en mi vida te lo juro.

-Tú lo que estás es muy necesitada -me burlo - tanto ocuparte de mí tienes tus necesidades desatendidas.

Me lanza un cojín y apaga la luz.

-No tardes en acostarte o tendrás unas ojeras horribles mañana.

La mañana siguiente es una locura. Como nos suele ocurrir hacemos caso omiso al despertador y cuando queremos darnos cuenta ha pasado casi una hora. Menos mal que nos tenemos la una a la otra para ayudarnos. Llegamos algo tarde pero gracias a Dios no ha llegado la novia. La gente ya ha entrado y Marta corre a buscar sitio. Yo espero fuera y no tarda en llegar.

Impresionante. Me quedo boquiabierta al verla. Cualquiera se quedaría, es la novia más guapa que he visto en mi vida.

De pronto algunos recuerdos me vienen a la cabeza y los ojos se me inundan de lágrimas.

-Ni se te ocurra llorar o se te estropeará el maquillaje.

Me giro para ver la cara de quien llega más tarde que yo y me resulta familiar ¡El Bomboncito! No puedo creer que esta loca le haya invitado. En ese momento pasa a nuestro lado la novia y me sonríe. Entra y nosotros entramos detrás.

Busco a Marta y enseguida le veo sentada entre los últimos bancos. Avanzo hacia ella con el Bomboncito detrás.

-¿Cómo sabías que era él? -me susurra Marta
-¿Quién?

-¡Pablo! El chico de ayer.

Me entra la risa floja, dejo a Pablo pasar al lado de Marta y me quedo yo en la esquina. De repente Pablo se gira y hace señas a alguien que llega aún más tarde. Se acerca a nosotros y se sienta a mi lado y sí, es Edu ¿Cómo no había caído en que él vendría?

Me pego a Pablo todo lo que puedo intentando no rozar a Edu, pero al ponernos de pie y al sentarnos es inevitable. Es como si me electrocutara. Intento respirar con calma y pensar en otras miles de cosas pero ese olor. Dios que bien huele. Tantos recuerdos empujando por aflorar y yo luchando contra ellos.

Marta lo ha visto todo y no deja de mirar.

-¿Qué tienes tú con Edu? -pregunta a Pablo.

-Es mi amigo, no soy gay. ¿Pensabas que era gay? -bromea.

Marta intenta ahogar una carcajada pero se les oye demasiado.

-Shhhh -les regaño- hacer el favor de comportaros.

Edu suelta otra carcajada al oírme y no puedo evitar mirarle. Me sonríe. Le sonrío. Esos ojos... está... está cambiado. Impresionante como siempre pero cambiado.

Como puedes imaginar Bea nos puso en la

misma mesa. Y no daba mucha opción. Las otras dos parejas estaban casadas y eran amigas. Se sentaron los primeros, juntos y bastante maleducados comenzaron a hablar entre ellos como si no hubiera nadie más en la mesa. Para cuando quise sentarme tenía a un lado a Pablo y al otro a Edu.

-Dice tu hermana que si quieres cambiarle el sitio -me pregunta Pablo en voz alta y toda la mesa incluido un estupefacto Edu lo escuchan.

-Pero tío que se lo tenías que decir en voz baja -se queja Marta.

Las dos parejas se miran sin comprender pero en seguida vuelven a ignorarnos.

-Estoy bien, gracias -miento. No puedo cambiarme de sitio. Sería demasiado violento.

-¿Cómo es que vienes solo? -le pregunta Marta a Edu. Desde luego esta niña está bordada hoy.

-No vengo solo, traigo al Bomboncito.

No puedo evitar reír.

-¿De qué te ríes tú? ¿Qué, Bomboncito? -Marta no entiende nada.

-Una historia sin importancia -disimula Pablo e intentando salir del asunto responde por Edu- Bea le pidió que no viniera con ninguna tía pero q trajera a un amigo y en fin aquí estoy.

-¿Y qué opina tu novia de esto?- y dale con las

preguntitas... ¿Marta quiere matarme?

-No tengo novia -Edu ve por donde va y sonríe -¿Alguna pregunta más?

-Muchas -le pica Marta -¿Te molestan capullo?

-En absoluto Martita, continúa.

-¿Capullo? ¿Por qué le llamas capullo? -Pablo está confuso -¿Os pasa algo?

-No, que va. A veces llamo capullo a los viejos amigos -se ríe Marta.

-Bueno yo me alegro de que no hayas traído a una de tus chicas- le dice Pablo a Edu y le guiña un ojo a Marta- creo que ha sido una verdadera suerte.

-¿Sus chicas? -Marta vuelve a la carga.

-Este tío tiene más éxito que la Coca Cola -se ríe Pablo.

- ¡Anda! le pasa como a Lola -no se callará -Ha sido divorciarse y oye ¡qué solicitada! Yo no puedo entender cómo puede quedar con tantos tíos y acordarse de todos sus nombres -¿pero que está diciendo?

-Interesante- dice de pronto Edu- y tu Marta ¿sigues cambiando de novio como de calcetines?

-Ese comentario ha estado fuera de lugar -intervengo todo lo calmada que puedo.

-Sí tío - dice Pablo algo molesto -córtate un pelo.

-Disculpa Marta -Edu parece de verdad arrepentido -no sé porque he dicho eso.

-No importa. Perdóname tú también. Creo que todo esto nos ha pillado un poco de sopetón -esa es mi Marta.

-Un momento -Pablo no entiende nada - ¿vosotros habéis estado liados o algo así?

-¡¡Nooo!! - Marta ve peligrar su noche y se centra en su Bomboncito dejando tranquilo a Edu.

Ya estamos acabando el primer Plato y sigo callada.

-Bueno, pues parece que nadie nos habla- me dice al rato Edu.

Una timidez desconocida me invade y asiento sin pronunciar palabra.

-¿Qué tal te va, Lola?

Dios tengo la boca tan seca que no puedo pronunciar palabra. Me bebo el vaso de vino de un trago.

- Bien, gracias ¿Y a ti?

-También.

Llega el segundo plato y seguimos igual. Marta y Pablo parece que creen estar solos y las otras dos parejas no dan señales de querer hablar. Yo mientras me estoy poniendo morada. No tengo otra cosa que hacer que comer y beber.

-¿Qué tal está Elsa? -no se me ocurre nada que decir y seguir callada va a matarme. No quito la mirada del plato. Sé que él me está mirando pero yo me siento incapaz.

-Hemos perdido un poco el contacto. No salgo con nadie ahora.

Y como parece que lo de morderme la lengua no es parte de mi nueva yo, vuelvo al ataque.

-Con nadie fijo pero con muchas por lo que dice el Bomboncito.

-Bueno, puede ser. Como tú por lo que ha dicho Marta.

-No es cierto -no me importa reconocerlo.

-Ya lo sé. Te conozco.

-En cambio yo sé que lo tuyo si es verdad, también te conozco -por primera vez le sostengo la mirada y logro esbozar una pequeña sonrisa. Él pierde la suya al instante.

Ya hemos llegado a los postres. Estoy deseando levantarme.

-¿Cómo te va el trabajo? -se esfuerza.

-Todo me va bien Edu gracias. No hace falta que me des conversación de verdad. Mira ya he terminado. Ahora voy a levantarme y caminar un poco porque creo que he comido demasiado.

Pero tonta de mí no cuento con que me siga. Marta está demasiado ocupada para darse cuenta.

-¿Te molesta sí voy contigo?

-No- en parte caminar sola sería patético así que en fin, podré con ello. Después de todo es algo que quedaba por ocurrir. Antes o después me encontraría con él.

-¿Podemos hablar? -pregunta.

-Es lo que estamos haciendo ¿no?

-Creo que te incómodo.

-La verdad es que un poco incómoda me siento- reconozco.

-Yo también. Pero me alegro de verte Lola.

Llegamos al jardín y el aire me calma. Qué calor hacia ahí dentro. Aquí me siento mucho mejor.

Le miro y sonrió, me corresponde. Sonrisas sinceras.

-¿Volviste a ver a Dani? -sin rodeos, voy a estar todo el rato intentando no preguntar lo que quiero saber y va a ser muy violento así que mejor así, pregunta hecha.

-Sí, una vez, justo antes de marcharse ¿Y tú?

-Desde qué firmamos el divorcio no.

-¿Le contaste lo nuestro? –pregunta.

-No di nombres pero sí le dije que hubo alguien. ¿Por qué lo dices?

-Lo sabía.

Me detengo y le miro sorprendida.

-¿Qué te dijo?

-Vino a despedirse, creo que acababais de firmar el divorcio el día anterior. Le acompañé al aeropuerto. Ya nos habíamos despedido, él estaba pasando el control cuando me llamó, me giré y me dijo: Cuida de ella. No puedes dejarle ahora. Y sin más se marchó. No volvió la vista atrás.

No hace frio pero estoy tiritando. No puedo creer lo que oigo ¿Lo sabía? Tras varios segundos inmóvil y con la mirada perdida logro reaccionar y sigo caminando.

-Pues no le hiciste caso -le digo.

-No. No lo creí conveniente. Y visto lo que veo creo que hice bien. Estás estupenda Lola. Se te ve bien, feliz.

-Empiezo a serlo sí. He aprendido a estar sola y no es tan malo.

-Siento sí te hice daño.

-Yo también te lo hice a ti —admito.

-Te quería de verdad -me mira tan fijamente que me cuesta aguantarle la mirada.

-Y yo a ti Edu.

-¿De verdad me querías? -no termina de creerme.

-Más de lo que era consciente.

Ahora es él quién se para. Se apoya contra un árbol y suspira.

-¿Estás bien? - le pregunto. Parece algo mareado.

-Tampoco yo era consciente de lo que te echaba de menos -habla tan bajo que me cuesta escucharle.

-Edu... -los ojos se me inundan de lágrimas. No

puede estar pasando. Si el supiera lo que siento, si supiera que me está matando no agarrarle la mano, besarle, decirle que nada de lo que he aprendido este tiempo respecto a estar sola tiene sentido ahora que vuelvo a verle.

-Lola ¿dejarías que te besara?

-Pues te lo agradecería porque no puedo aguantarlo más.

Y me besa, y le beso, y nuestro beso está tan cargado de amor que rompe todas las barreras que hubo, que puede haber o pudieran surgir. Le quiero tanto que duele.

¿Duele el amor? no lo sé, lo cierto es que todo lo cura, inyecta esperanzas, te da fuerza, y llena de confianza.

-Lola.

-Qué.

-Yo no sé dar pasitos.

-Pues lánzate.

CLAUDIA EVOL

www.ingramcontent.com/pod-product-compliance
Lightning Source LLC
Chambersburg PA
CBHW061155170626
46809CB00003B/1102